Die drei !!!

Henriette Wich

Die drei !!!

Kuss-Alarm!

KOSMOS bei CARLSEN

Außerdem in der Reihe *Die drei !!!* im Carlsen Verlag lieferbar:
Die drei !!! – Achtung, Spionage!
Die drei !!! – Die Maske der Königin
Die drei !!! – Gefahr im Fitness-Studio
Die drei !!! – Gefährlicher Chat / Betrug beim Casting
Die drei !!! – Geheimnis der alten Villa
Die drei !!! – Im Bann des Flamenco
Die drei !!! – Im Bann des Tarots
Die drei !!! – Nixensommer
Die drei !!! – Skandal auf Sendung
Die drei !!! – Skandal im Café Lomo!
Die drei !!! – Tatort Geisterhaus / Skaterfieber
Die drei !!! – Tatort Paris
Die drei !!! – Unter Verdacht
Die drei !!! – Vorsicht, Strandhaie!

FSC
www.fsc.org
MIX
Papier aus verantwortungsvollen Quellen
FSC® C083411

Veröffentlicht im Carlsen Verlag
September 2018
Mit freundlicher Genehmigung des Franckh-Kosmos Verlages

Umschlagbild: Anike Hage
Umschlaggestaltung: formlabor
Corporate Design Taschenbuch: bell étage
ISBN: 978-3-551-31724-7

Die drei !!!

Kuss-Alarm!

Der Liebeszauber

»Hände hoch!«, rief Marie. »Lassen Sie Ihre Waffe fallen, Johnny! Das Spiel ist vorbei. Sie sind umzingelt.«
»Aber ich war es nicht!«
»Ja klar, Sie sind natürlich völlig unschuldig! Das können Sie alles später beim Verhör erzählen. Ich bin schon sehr gespannt.«
Marie lachte verächtlich, machte eine Kunstpause und klappte den Krimi zu, aus dem sie gerade vorgelesen hatte. Kim und Franzi hingen noch ein paar Sekunden wie gebannt an ihren Lippen, dann fingen sie an zu klatschen.
»Super!«, sagte Kim. »Wie du die verschiedenen Stimmen nachgemacht hast. Das könnte ich nie.«
»Ich hab richtig Gänsehaut bekommen«, sagte Franzi und rieb sich die Arme. Ihr war eiskalt geworden, obwohl die Heizung in der Stadtbücherei auf Hochtouren lief.
Marie deutete eine kleine Verbeugung an, dann setzte sie sich wieder zu ihren Freundinnen in die Sofaecke neben den Regalen mit den Krimis und Hörspielen. Sie liebte schauspielerische Auftritte und übte bei jeder Gelegenheit für die Zukunft. Später wollte sie nämlich unbedingt eine berühmte Schauspielerin oder Sängerin werden. Aber vielleicht wurde sie ja auch eine berühmte Detektivin, das konnte man nie wissen. Wenn die drei !!! nämlich mit ihrem Detektivclub weiterhin so erfolgreich waren, war das gar nicht so aus der Luft gegriffen. In den letzten drei Monaten hatten Kim, Franzi und Marie allerdings keinen Fall an der

Angel gehabt, und das machte ihnen langsam ein bisschen Sorgen.
Kim, die den Detektivclub gegründet hatte und der Kopf der drei !!! war, wurmte es am meisten. »Ich will endlich wieder selber Detektivin sein und nicht immer nur Krimis lesen!« Dabei war sie eine richtige Leseratte und hatte schon wieder zehn Krimis neben sich aufgestapelt, die sie alle ausleihen wollte.
»Ich auch«, sagte Franzi. »Ich würde alles darum geben, mal wieder in einer Höhle herumzuklettern oder auf einen Schuppen, um euch zu befreien.«
Marie lachte. »Stimmt, darin bist du wirklich unschlagbar.« Sie fand sowieso, dass ihre Fähigkeiten als Detektivinnen sich perfekt ergänzten: Kim kannte sich super mit Technik und Computern aus, Franzi war die Sportliche, und Marie war mit ihrem schauspielerischen Talent und ihren verrückten Verkleidungen schon oft als Erwachsene durchgegangen und hatte die Ermittlungen dadurch ziemlich erleichtert. Außerdem konnte sie ihren Vater jederzeit um Rat fragen. Der spielte nämlich den Hauptkommissar Brockmeier in der Vorabendserie *Die Vorstadtwache* und kannte jede Menge Tricks und Kniffe, die er sich von Kommissars Peters, einem Freund bei der Polizei, abgeschaut hatte. Inzwischen war Kommissar Peters auch der Freund der drei !!! und half ihnen ab und zu bei ihren Ermittlungen.
»Ein Einbruch wär nicht schlecht«, überlegte Kim laut vor sich hin. »Oder wieder eine Entführung oder Erpressung.«
»Tja«, sagte Marie. »Vielleicht sollte ich noch mal meine

Tarotkarten befragen und einen Blick in die Zukunft werfen?«

Franzi tippte sich an die Stirn. »Bloß nicht! Das hilft uns auch nicht weiter.« Sie konnte mit Maries Hang zu Prophezeiungen, Tarot, Hexenzauber und Gläserrücken immer noch nicht viel anfangen, obwohl beim letzten Fall der drei !!! tatsächlich einige merkwürdige Dinge passiert waren, die sich auch Franzi nicht ganz erklären konnte.

»Ich weiß nicht so recht, ich finde Tarot irgendwie unheimlich«, gab Kim zu und wechselte schnell das Thema. »Ich glaub, ich geh kurz in den ersten Stock und schau nach anderen Büchern. Wir sehen uns ja dann bei der Ausleihe.«

Marie vertiefte sich wieder in ihren Krimi, und Franzi nickte und sah ihrer Freundin unschlüssig hinterher.

Kim war froh, dass keine der beiden ihr folgte. Sie suchte nämlich ein ganz bestimmtes Buch, das Marie vor ein paar Monaten ausgeliehen hatte: *Zaubern leicht gemacht – Hexenzauber für Anfänger*. Als Marie damals von einem der Liebeszauber erzählt hatte, den sie ausprobiert hatte, um ihre wahre Liebe zu finden, hatten Franzi und Kim nur müde gelächelt. Doch dann hatte Marie plötzlich Holger getroffen, sich sofort in ihn verliebt und er sich auch in sie. Eigentlich waren die beiden so gut wie ein Paar, wenn Holger nicht so weit weg wohnen würde: in Billershausen, das fünfundzwanzig Kilometer von ihrer Stadt entfernt war.

Seitdem ließ Kim der Gedanke an diese Liebeszaubereien nicht mehr los. Vielleicht funktionierten solche Rituale ja doch? Und vielleicht könnte sie dadurch endlich mit Michi zusammenkommen!

Michi Millbrandt hatte den drei !!! bereits bei einigen Fällen geholfen, und Kim hatte vom ersten Augenblick an gewusst: Der ist meine große Liebe und sonst keiner! Sie waren inzwischen richtig gute Freunde, unternahmen ab und zu Ausflüge zu zweit und flirteten sogar ein bisschen, aber irgendwie wurde nicht mehr daraus, und das machte Kim ganz verrückt.

Ungeduldig lief sie an den Regalen im ersten Stock entlang und suchte nach der Abteilung mit den esoterischen und übersinnlichen Büchern, um die sie bisher immer einen großen Bogen gemacht hatte. Endlich hatte sie die richtige Ecke gefunden. Zwei große Regale waren von oben bis unten mit Büchern über Magie, Hexen, Engel, Außerirdische, Wiedergeburt und andere unerklärliche Phänomene gefüllt. Aufgeregt fuhr Kim mit den Fingern die Buchrücken entlang. Hier waren lauter Hexenbücher, da konnte das Buch doch nicht weit sein … Hoffentlich war es nicht ausgeliehen!

Da stach Kim der Titel auch schon ins Auge: *Zaubern leicht gemacht*. Erleichtert streckte sie die Hand danach aus, doch plötzlich knallte sie mit jemandem zusammen, der wie aus dem Nichts vor ihr aufgetaucht war.

»Aua!«, rief sie und rieb sich die schmerzende Stelle an der Stirn, an der sie garantiert eine fette Beule bekommen würde. »Kannst du nicht aufpassen?«

»Pass doch selber auf!«, gab die andere Person zurück, und erst da merkte Kim, dass es Franzi war.

Verblüfft starrte sie ihre Freundin an. »Was machst du denn hier?«

Franzi trat von einem Fuß auf den anderen. »Ach, nichts … Ich wollte mich nur mal umsehen.«
»In der esoterischen Abteilung?«, hakte Kim nach. »Ich dachte, du hasst solche Bücher.«
»Ja, schon«, druckste Franzi herum, die immer verlegener wurde. »Ich wollte nur … na ja … ehrlich gesagt, ich hab was Bestimmtes gesucht … ähm … dieses Hexenzauberbuch, das Marie mal angeschleppt hat.«
Kim zog das Buch, nach dem sie gerade hatte greifen wollen, aus dem Regal und hielt es Franzi unter die Nase. »Meinst du zufällig das?«
Franzi nickte. »Hmm … ja, genau. Ich wollte aber wirklich nur … es ist nicht so, wie du denkst …«
Kim hielt es nicht mehr länger aus und prustete los. »Sag bloß, du willst auch einen Liebeszauber ausprobieren!«
Franzi fielen fast die Augen aus dem Kopf. »W … was? W … wie? Wie kommst du den darauf?«
Kim grinste über das ganze Gesicht. »Das war nicht besonders schwer zu erraten. Du bist also doch in Benni verliebt, stimmt's?«
Sofort wurde Franzi knallrot. »Nein … doch … nein … doch … Das ist ja das Schlimme. Ich weiß es immer noch nicht.«
Kim sah ihre Freundin mitfühlend an. Seit Franzi auf der Skateranlage Benni getroffen und er sich in sie verliebt hatte, fuhren ihre Gefühle Achterbahn: Mal war sie nicht verliebt in ihn, mal schon ein bisschen, und dann wieder wollte sie ihn nur als Freund haben und nichts von dem ganzen Liebeskram wissen.

»Nimm du ruhig das Buch«, sagte Franzi. »Ich glaub, das ist doch nichts für mich.«
Aber so leicht ließ Kim sie nicht davonkommen. »Quatsch! Natürlich ist das was für dich. Ich hab eine super Idee: Wir leihen das Buch zusammen aus und machen gemeinsam diesen Liebeszauber. Was hältst du davon?«
Franzi zögerte. »Ich weiß nicht …«
Doch Kim ließ nicht locker. »Komm schon! Das wird bestimmt toll. Außerdem haben wir Glück, heute ist nämlich Vollmond, da wirkt der Zauber sicher besonders gut.«
Franzis Gesicht hellte sich auf. »Hmm … wenn du meinst. Aber eins musst du mir versprechen.«
»Alles!«, sagte Kim.
Franzi sah sich vorsichtig nach allen Seiten um, bevor sie Kim zuraunte: »Marie darf nichts davon erfahren. Sonst denkt sie womöglich noch, sie hat mich endlich zu ihrem übersinnlichen Hokuspokus bekehrt.«
Kim kicherte hinter ihrer vorgehaltenen Hand. »Keine Sorge! Mein Mund hat sieben Siegel.«

Punkt Mitternacht, als die Kirchenglocke hinter Franzis Haus zwölfmal läutete, trat der Vollmond hinter den Wolken hervor und tauchte die mit Raureif bedeckte Wiese in fahles Licht.
»Brrr, ist das kalt!«, stöhnte Kim und wickelte ihren Schal enger um den Hals.
Franzi, deren Zähne auch schon hörbar aufeinanderklapperten, kicherte. »Du hast doch darauf bestanden, den Liebeszauber unbedingt draußen zu machen.«

Kim nickte. »Ja, schon. Im Buch steht, dass er unter freiem Himmel viel besser wirkt, aber Anfang Februar bei fünf Grad minus ist das echt fies.«

»Stimmt«, sagte Franzi, obwohl sie die klirrende Kälte eigentlich liebte, besonders wenn sie mit ihrem Pony Tinka über die verschneiten Felder galoppierte, aber leider lag gerade kein Schnee. Und mitten in der Nacht sahen die Bäume mit ihren schwarzen, krummen Ästen aus wie Monster, die nur darauf zu lauern schienen, sich in einem unbeobachteten Moment auf sie zu stürzen.

»Dann lass es uns schnell hinter uns bringen«, schlug Franzi vor, während sie eine Wolldecke auf dem Boden ausbreitete und sie sich beide daraufsetzten.

Kim schlug feierlich das Hexenbuch auf, bei dem sie zwei Seiten mit gelben Zetteln eingemerkt hatte. Es gab nämlich tausend verschiedene Liebeszauber, und Franzi und Kim hatten eine Weile gebraucht, bis sie – zum Glück noch in Franzis geheiztem Zimmer – die beiden passenden ausgesucht hatten. Kim hatte sich für einen Kusszauber entschieden, weil sie endlich ihren ersten richtigen Kuss bekommen wollte, von Michi natürlich, aber das war ja sowieso klar. Und Franzi hatte nach einigem Hin und Her einen Zauber ausgewählt, der ihre Liebe zu Benni verstärken sollte. Sie hatten die Anleitungen nur kurz überflogen, um sich mit dem entsprechenden Material einzudecken, das sie dafür brauchten.

»Willst du anfangen?«, fragte Kim.

»Nein, du!«, sagte Franzi, die sich gerade fragte, ob es wirklich so eine gute Idee gewesen war, sich von Kim überreden zu lassen.

»Na gut«, sagte Kim, blätterte nach vorne zum Kusszauber und las langsam vor: »So bekommst du mit etwas Glück und mithilfe der Liebesgöttin deinen ersten Kuss: Bemale deine Lippen mit Lippenstift, und drücke auf ein Blatt Papier einen dicken Kuss. Falte den Zettel zusammen, binde eine Schnur drum herum, und befestige den Zettel am obersten Ast eines Lindenbaums. Dann denke ganz fest an deinen Liebsten. Achtung: Der Zauber wirkt nur bei einem Lindenbaum, dem Baum der Liebenden mit seinen herzförmigen Blättern.«

»Das war's schon?«, fragte Franzi. »Ist ja total easy.«

»Von wegen!«, seufzte Kim und warf einen gequälten Blick zur einzigen Linde hinauf, die in Franzis Garten stand. Der Baum war uralt und bestimmt vier Meter hoch. Wie sie da hinaufkommen sollte, war ihr schleierhaft. Sport war noch nie ihre Stärke gewesen, und Klettern schon gleich gar nicht.

»Ach was«, sagte Franzi. »Das schaffst du schon. Ich helf dir. Aber den ersten Teil kriegst du auch alleine hin, oder?«

Kim nickte und holte aus ihrer Tasche ein Blatt Papier, einen Taschenspiegel und den ersten Lippenstift heraus, den sie sich von ihrem Taschengeld geleistet hatte. Im Gegensatz zu Marie schminkte sie sich nur bei besonderen Gelegenheiten, und heute war eindeutig eine solche Gelegenheit. Leider musste sie dafür ihre Handschuhe ausziehen. Schon nach ein paar Sekunden fühlten sich ihre Finger wie Eiszapfen an und waren total steif, sodass ihr der Lippenstift gleich zweimal ausrutschte. Endlich war sie zufrieden, beugte sich über das Papier und drückte einen eiskalten Kuss darauf.

»Gar nicht schlecht«, sagte Franzi, die den gleichmäßigen Abdruck begutachtete.
Mit klammen Fingern faltete Kim den Zettel und band eine Schnur drum herum. Dann konnte sie ihre Handschuhe endlich wieder anziehen und seufzte ein zweites Mal. Am liebsten hätte sie Franzi darum gebeten, für sie den Baum hochzuklettern, aber dann wirkte der Zauber garantiert nicht.
»Also los!«, sagte Franzi. »Stell dich nicht so an.« Sie machte mit ihren Händen eine Räuberleiter und sah ihre Freundin erwartungsvoll an.
Als Kim aufstand, merkte sie, wie ihre Beine anfingen zu zittern, und diesmal nicht wegen der Kälte. Der unterste Ast war so weit oben, er schien meilenweit entfernt zu sein. Trotzdem biss sie tapfer die Zähne zusammen, holte Schwung und setzte ihren linken Fuß in Franzis Hände. So schnell wie möglich zog sie den rechten Fuß nach, aber kaum war sie in der Luft, verlor sie sofort das Gleichgewicht und plumpste zurück ins Gras. Der Boden war beinhart, und entsprechend weh tat auch ihr Hinterteil.
»Gleich noch mal!«, sagte Franzi ungerührt im Kommandoton.
Kim fluchte leise vor sich hin. Zum Glück war Franzi nicht ihre Sportlehrerin.
Kim versuchte es ein zweites, ein drittes und ein viertes Mal. Erst beim fünften Mal gelang es ihr, das Gleichgewicht zu halten und sich zum untersten Ast hochzuziehen. Als sie es geschafft hatte, war sie fix und fertig und kurz davor, das Kusspapier einfach um den erstbesten Ast zu knüpfen.

Aber Franzi kommandierte bereits weiter: »Nicht schlappmachen. Siehst du die Astgabel über dir? Da musst du als Nächstes hin.«
»Das soll wohl ein Witz sein!«, rief Kim. »Die ist ewig weit weg.« Franzi schwieg, und Kim blieb nichts anderes übrig, als es zu versuchen. Mit Müh und Not erreichte sie nach drei Anläufen keuchend die Astgabel und war jetzt richtig stolz auf sich. Auf einmal packte sie der Ehrgeiz. Das wäre doch gelacht, wenn sie den Rest nicht auch noch schaffen würde!
Sie schaffte es tatsächlich, aber nur, weil Franzi sie Stück für Stück weiterlotste und weil Kim es krampfhaft vermied, nach unten zu sehen. Sie wusste nämlich nicht, ob sie überhaupt schwindelfrei war, und wollte es lieber nicht heute testen.
»Ja, jetzt bist du oben!«, rief Franzi schließlich.
Kim konnte es kaum glauben. Ängstlich klammerte sie sich an einen Ast in der Baumkrone, der bedenklich hin und her schwankte, aber sie war wirklich am Ziel. Über ihr leuchteten die Sterne, und der Mond war ganz nah. Mit zitternden Fingern holte Kim das Papier aus der Tasche und befestigte es mit einem dreifachen Knoten am obersten Ast. Und plötzlich spürte sie die Kälte nicht mehr, ihr Herz klopfte ganz schnell und ihr wurde unglaublich warm.
Michi!, dachte sie. Michi! Ich liebe dich, ich liebe dich so sehr!
Das Gefühl für ihn war in dem Moment so stark, dass sie glaubte, gleich würde ihr Herz zerspringen vor lauter Liebe.
Da zischte Franzi von unten: »Ich frier gleich ein! Bitte komm wieder runter!«

Mit einem Schlag war Kim zurück in der Kälte der Nacht. Aus Versehen warf sie doch einen Blick nach unten, und sofort wurde ihr schwindelig. Genauso hatte sie sich gefühlt, als sie das erste Mal im Freibad auf dem Fünfmeterbrett gestanden hatte.
»Siehst du den Ast links unter dir?«, fragte Franzi. »Versuch ihn zu erreichen!«
Wieder lotste sie Kim Stück für Stück nach unten, half ihr mit der Räuberleiter, und wie durch ein Wunder kam Kim heil unten an. Kaum hatte sie festen Boden unter den Füßen, gaben ihre Knie nach.
»Ich glaub, ich muss mich setzen«, murmelte sie und ließ sich erschöpft auf die Wolldecke fallen. Dann beschloss sie, dass dies der erste und letzte Liebeszauber in ihrem Leben gewesen war. Noch mal würde sie so was nicht durchstehen.
Franzi grinste von einem Ohr zum andern. »Gratuliere! Du bist gar nicht so unbegabt. Wir sollten mal einen Kletterkurs zusammen machen.«
»Das kannst du dir abschminken«, sagte Kim. »Los, jetzt bist du dran! Mal sehen, was du alles machen musst, damit du dich richtig doll in Benni verliebst.«
Franzi nahm ihr das Hexenbuch aus der Hand und las aufgeregt vor: »Das ist die Kunst, das eigene Gefühl der Liebe zu verstärken: Zünde eine Kerze an und steige damit in einer Vollmondnacht auf einen Hügel. Denke fest an den Menschen, den du noch mehr lieben willst. Wenn du ihn tief in dir spürst, flüstere zwölfmal seinen Namen. Danach blase die Kerze aus, und verlasse schweigend den Hügel. Achtung:

Der Liebeszauber wirkt nur, wenn du in dieser Nacht kein einziges Wort mehr sprichst.«

»Das ist viel einfacher als bei mir!«, beschwerte sich Kim.

Franzi zuckte mit den Schultern. »Wart's ab! Vielleicht kommt ja ein Sturm und bläst meine Kerze aus. Oder ich sage statt zwölfmal nur elfmal den Namen.«

»So ein Quatsch!«, rief Kim. »Wir müssen nur jetzt schon Gute Nacht sagen, weil wir später in deinem Zimmer ja nicht mehr reden dürfen.«

Franzi umarmte ihre Freundin und flüsterte ihr ins Ohr: »Viel Glück für deinen Liebeszauber!«

»Dir auch viel Glück für deinen«, flüsterte Kim zurück. Dann kramte sie in ihrer Tasche, holte eine Kerze und Streichhölzer heraus und gab beides an Franzi weiter.

Franzi schaffte es gleich mit dem ersten Streichholz, die Kerze anzuzünden. Sie flackerte zwar ein bisschen, aber es war so gut wie windstill, sodass sie eigentlich nicht ausgehen konnte. Vorsichtig balancierte sie die Kerze vor sich her und schirmte die Flamme mit einer Hand ab. Zum Glück gab es einen Hügel auf dem Grundstück ihrer Eltern. Er war nicht weit weg, gleich neben dem alten Pferdeschuppen, in dem die drei !!! ihr Hauptquartier hatten und regelmäßig ihre geheimen Besprechungen abhielten.

Langsam ging Franzi auf den Hügel zu. Bald war sie am höchsten Punkt angelangt und blieb stehen. Sie starrte in die Kerze und versuchte sich auf Benni zu konzentrieren, aber das war gar nicht so einfach. Dauernd schwirrten tausend andere Gedanken in ihrem Kopf herum:

Hoffentlich ist Mama nicht aufgewacht, als ich mich mit

Kim aus dem Haus geschlichen habe! Verdammt, hier ist es ja noch kälter als unten! Wenn Marie mich jetzt sehen könnte. Sie würde sich schieflachen. Nein, ich muss an Benni denken, nur an Benni!

Plötzlich fiel ihr ein, wie Benni auf dem Rückweg vom Skaten ihre Hand genommen hatte. Und wie er ihr an der Bushaltestelle noch schnell einen Abschiedskuss auf die Wange gehaucht hatte. Das war so süß von ihm gewesen! Überhaupt war er sehr, sehr süß mit seinen blonden Locken und den unglaublich blauen Augen. Und dem Lächeln, bei dem ihr immer sofort warm ums Herz wurde.

Jetzt spürte sie ihn ganz stark, fast hatte sie das Gefühl, Benni wäre hier, ganz nah neben ihr. Franzi holte tief Luft, und dann flüsterte sie: »Benni, Benni, Benni, Benni, Benni, Benni, Benni, Benni, Benni, Benni, Benni, Benni.«

Am Ende war sie sich hundertprozentig sicher, dass sie zwölfmal seinen Namen ausgesprochen hatte, obwohl sie nicht akribisch mitgezählt hatte. Trotzdem wusste sie es einfach, genauso wie sie wusste, dass der Zauber bereits angefangen hatte zu wirken. Glücklich blies sie die Kerze aus und kehrte zurück zu Kim. Ihre Freundin faltete gerade die Wolldecke zusammen und hing sich ihre Tasche um. Franzi lächelte ihr zu und legte den Finger an die Lippen. Dann liefen sie gemeinsam zum Haus, in dem alle tief und fest zu schlafen schienen.

Franzi machte leise die Haustür auf und gab Kim ein Zeichen, dass sie vorgehen sollte. Die verschwand lautlos im Flur und schlich die Treppe hinauf. Franzi wartete ein paar Sekunden, bis sie ihr folgte. Das war ja alles viel leichter gegangen, als sie dachte! Beschwingt nahm sie zwei Stufen auf einmal. Doch auf der obersten Treppenstufe blitzte ihr plötzlich ein greller Lichtstrahl mitten ins Auge. Beinahe hätte sie »Hilfe!« gerufen, aber im letzten Moment erinnerte sie sich an ihr Versprechen und verschluckte das Wort im Mund. Und dann erkannte sie ihre Mutter. Sie stand in einem bodenlangen weißen Nachthemd vor ihr und hatte eine Taschenlampe in der Hand.

»Schatz! Wo kommst du denn her?«, fragte sie besorgt.

Franzi deutete mit einer vagen Handbewegung an, dass sie draußen im Freien gewesen war.

Frau Winkler schüttelte besorgt den Kopf. »Du bist ja völlig durchgefroren, deine Lippen sind ganz blau! Was hast du dir bloß dabei gedacht?«

Franzi zuckte entschuldigend mit den Achseln.

»Hat es dir die Sprache verschlagen? Jetzt sag doch endlich was!«, drängte ihre Mutter und fasste sie an der Schulter.

Franzi presste die Lippen aufeinander und machte ein paar hilflose Gesten. Unter anderem griff sie sich dabei zufällig kurz an den Hals.

Frau Winkler interpretierte es sofort als Zeichen. »Du hast Halsschmerzen, du Arme! Dir ist die Stimme weggeblieben. Kein Wunder, dass du dir da draußen eine Erkältung eingefangen hast. Den Tod hättest du dir holen können, mitten im Winter. Jetzt komm aber schnell! Ich lasse dir ein heißes Bad ein, und dann bringe ich dir eine Kanne mit schönem heißen Kamillentee.«

Franzi verdrehte verzweifelt die Augen. Sie hasste Kamillentee, und sie wollte kein Bad nehmen, sie war hundemüde.

Aber sie konnte sich nicht wehren, ohne Sprache war sie komplett aufgeschmissen.
Energisch packte ihre Mutter sie am Arm und schob sie in Richtung Badezimmer. »Mach das nie wieder, hörst du? Versprich mir das!«
Franzi nickte. Und dann fügte sie sich in das völlig übertriebene Fürsorgeprogramm ihrer Mutter, das sie garantiert noch mindestens eine Stunde wach halten würde – und Kim höchstwahrscheinlich auch. Nichts wünschte Franzi sich in dem Moment sehnlicher, als mit Kim oder Marie tauschen zu können. Die Glücklichen lagen in ihren weichen Betten, und Marie schlief jetzt sicher schon tief und fest.

Überraschung beim Casting

Franzi täuschte sich. Marie war noch wach, obwohl sie sich schon vor zweieinhalb Stunden hingelegt hatte. Sie konnte nicht schlafen und wälzte sich unruhig im Bett herum. Krampfhaft versuchte sie, an etwas Schönes zu denken: an die wunderbare Zeit mit Holger, an die SMSen, die sie sich gegenseitig geschickt hatten, weil sie sich nicht sehen konnten. Aber auf ihre letzte Nachricht hatte Holger nicht mehr geantwortet, und das war jetzt schon einen Monat her. Hatte er sie etwa vergessen?

Marie schob den schrecklichen Gedanken weg, aber da tauchte gleich der zweite schreckliche Gedanke auf. Sofort musste sie wieder an das traurige Gespräch vorhin mit ihrem Vater denken. Dabei hatte alles so schön angefangen: Sie hatten sich einen gemütlichen Abend gemacht, Herr Grevenbroich hatte seinen leckeren Auberginenauflauf zubereitet, und sie hatten in aller Ruhe zusammen Abend gegessen und geredet.

In Gedanken spulte Marie die Zeit noch mal zurück und rief sich jedes einzelne Wort des Gesprächs in Erinnerung.

»Und? Worauf hast du jetzt Lust?«, fragte Herr Grevenbroich, während er Messer und Gabel auf dem Teller zusammenschob. »Sollen wir uns eine DVD ansehen? Einen spannenden Krimi vielleicht?«

Marie schüttelte den Kopf. »Nein, das hab ich erst gestern gemacht.«

»Oder unsere letzten Urlaubsfotos?«, fragte er weiter.

Marie zögerte. Unschlüssig sah sie sich im Wohnzimmer um. Neben dem DVD-Regal gab es noch ein weiteres Regal mit Büchern und jeder Menge Fotoalben. In der unteren Reihe blieb ihr Blick hängen. »Sehen wir uns mal wieder das alte Album mit den Fotos von Mama an?«

Das Lächeln ihres Vaters verschwand. »Ich weiß nicht …«

Marie wusste sofort, woran er jetzt dachte: an den tragischen Autounfall vor vielen Jahren, bei dem seine Frau ums Leben gekommen war. Marie war damals erst zwei Jahre alt gewesen und konnte sich nicht mehr erinnern – weder an den Unfall noch an ihre Mutter, die sie nur von den Fotos her kannte. Schon bald würde wieder ihr Todestag sein: am 10. Februar, und Marie wurde jetzt schon ganz traurig, wenn sie nur daran dachte.

»Bitte!«, sagte sie, weil sie genau wusste, dass ihr Vater sie verwöhnte und ihr selten einen Wunsch abschlagen konnte.

Diesmal zögerte er ungewöhnlich lange. Er redete nicht gerne über den Unfall und über die Vergangenheit, aber schließlich gab er doch nach. »Na gut, du weißt ja, wo das Album ist.«

Schnell lief Marie zum Regal hinüber, griff nach dem alten grünen Album mit dem Ledereinband und trug es hinüber zum Sofa. Ihr Vater nahm seinen Rotwein mit zum Couchtisch und schenkte seiner Tochter noch ein Glas Wasser ein.

Mit zitternden Fingern öffnete Marie das Album. Jedes Mal war es wieder unglaublich schön und gleichzeitig unglaublich traurig. Das Album war die einzige Verbindung zu ihrer Mutter, die sie hatte, und sie kannte jedes Foto in- und auswendig.

»Da habt ihr geheiratet«, sagte sie feierlich und zeigte auf die erste Seite, auf der das große Hochzeitsfoto prangte. Ihre Mutter sah wunderschön aus in ihrem bodenlangen, fließenden Kleid aus Satin und Spitze und dem zarten Schleier im Haar.

Herr Grevenbroich nickte. »Ich war so aufgeregt, dass ich nicht mehr bis drei zählen konnte. Alleine hätte ich nie und nimmer den Weg zur Kirche gefunden und die Trauringe komplett vergessen. Zum Glück hat Tante Florentine alles super organisiert.«

Marie kannte die Geschichte über die fabelhafte Florentine schon, aber sie hatte ihre Tante nur ein paarmal getroffen, weil sie lange in Australien gelebt hatte.

Langsam blätterte Marie weiter. »Und hier bin ja schon ich!«

Endlich lächelte ihr Vater wieder. »Unsere Prinzessin! Du warst das schönste Baby auf der ganzen Welt.«

Marie zog die Stirn kraus. Das konnte sie wiederum nicht ganz nachvollziehen. Sie fand, dass sie auf dem Foto ziemlich pummelig aussah. Außerdem hatte sie kaum Haare auf dem Kopf. Später wurde es dann zum Glück besser, zumindest die Haare wurden mehr. Im Fotoalbum entwickelte Marie sich im Zeitraffer vom Baby zum zweijährigen Kleinkind. Und ihre Mutter wurde etwas schmaler im Gesicht, immer zerbrechlicher, aber immer schöner.

Marie ließ das Album auf ihren Schoß sinken und sah ihren Vater traurig an. »Wie war das eigentlich damals mit dem Unfall? Du hast nie groß davon erzählt.«

»Da gibt es auch nicht viel zu erzählen«, antwortete Herr

Grevenbroich und wich ihrem Blick aus. »Es war alles sehr tragisch. Anne ist mit hoher Geschwindigkeit gegen einen Baum gefahren, sie war sofort tot. Ich habe damals gerade in Italien gedreht und bin natürlich sofort zurück nach Deutschland geflogen, als ich die schreckliche Nachricht bekommen habe.« Er räusperte sich und nahm einen Schluck Rotwein. »Aber lass uns jetzt wieder von was anderem reden, ja? Man soll nicht dauernd in der Vergangenheit leben, sondern jetzt, in der Gegenwart. Und unsere Gegenwart ist doch sehr schön, oder?« Er drückte seine Tochter kurz an sich.

Marie nickte. »Ja, schon …«

Plötzlich hatte sie einen dicken Kloß im Hals. Einerseits wusste sie, dass ihr Vater recht hatte, andererseits brannten ihr noch tausend Fragen auf der Seele: Wie konnte es nur zu diesem schrecklichen Unfall kommen? Warum war ihre Mutter bloß so schnell gefahren? Und warum hatte sie nicht rechtzeitig gebremst?

Sie wollte gerade eine der Fragen stellen, als ihr Vater unvermittelt aufstand und in Richtung Küche ging. »Ich mache uns jetzt noch zwei extragroße Eisbecher mit Sahne. Mit ganz viel Erdbeereis, das magst du doch so gern.«

»Ja, danke …«, sagte Marie, obwohl sie gerade gar keinen Appetit auf Erdbeereis hatte. Trotzdem lächelte sie, um ihrem Vater eine Freude zu machen. Es gab keinen Zweifel: Er wollte nicht länger über den Unfall reden. Aber warum nicht? Marie zerbrach sich den Kopf darüber, aber als ihr Vater mit den beiden Eisbechern zurückkam, hatte sie immer noch keine Antwort darauf gefunden.

»Was ist denn hier los?«, rief Franzi am nächsten Schultag, als sie in der Pause die Treppe des Hauptgebäudes herunterkam und mit Kim zusammenstieß. Beide gingen auf die Georg-Lichtenberg-Gesamtschule und waren in zwei verschiedenen Parallelklassen, während Marie ein Gymnasium besuchte.
Kim reckte den Kopf, um einen Blick auf das Schwarze Brett zu ergattern, was sich als unmöglich herausstellte, da eine riesige Traube von Schülern sich davor drängelte. Sie gab es erst mal auf und grinste Franzi an. »Keine Ahnung! Vielleicht gibt es eine tolle Neuigkeit: ›Die schwer kranke Franziska Winkler ist durch ein Wunder über Nacht wieder gesund geworden. Nähere Infos bei der geheilten Patientin.‹«
»Hör bloß auf!«, sagte Franzi.
Sie hatte alle ihre Überredungskünste anwenden müssen, um heute Morgen ihrer Mutter klarzumachen, dass sie nicht mehr erkältet war und wieder ganz normal sprechen konnte. Frau Winkler hatte es erst nicht geglaubt und hatte ihre Tochter unbedingt krankmelden wollen, aber irgendwie hatte Franzi es dann doch geschafft – gemeinsam mit Kims tatkräftiger Unterstützung –, sie davon abzuhalten.
»Sei froh, dass deine Mutter nicht so eine Glucke ist!«, sagte sie.
Kim verzog gequält das Gesicht. »Dafür hat meine immer noch ihren Kontrolltick und fragt mich dauernd, ob ich auch genug lerne und meine Hausaufgaben schon gemacht habe. Ganz zu schweigen davon, dass sie mir am liebsten verbieten würde, Detektivin zu sein. Das ist ja alles viiiel zu gefährlich!«

Das war wirklich bescheuert, und Franzi war wieder ganz froh, dass ihr das bei ihren Eltern wenigstens erspart blieb.
»Jetzt will ich aber wirklich wissen, was da los ist«, sagte sie und setzte ihre Ellbogen ein, um in der Menge vorwärtszukommen.
»Ich auch«, sagte Kim. »Wer weiß, vielleicht werden wir ja als Detektivinnen gebraucht.« Die Aussicht auf einen neuen Fall beflügelte sie sofort.
Als sie es endlich in die erste Reihe geschafft hatten, zerschlug sich Kims Hoffnung gleich wieder, aber der Aushang, der da am Schwarzen Brett hing, war mindestens genauso aufregend:

Nachwuchstalente gesucht!
Das Mädchen-Magazin »Sweet« plant eine
Sonderausgabe zum Valentinstag.
Wolltest du schon immer mal in einer
Foto-Lovestory dabei sein?
Willst du die Herzen von Millionen Leserinnen
höherschlagen lassen?
Dann bewirb dich schnell zur letzen Casting-Runde
heute Nachmittag!
Achtung: Einmaliges Angebot nur für Schüler der
Georg-Lichtenberg-Gesamtschule!
Nähere Infos zum Valentins-Casting im Internet
auf der Homepage von »Sweet«.

Franzi pfiff durch die Zähne. »Das ist wirklich ein tolles Angebot. Ich hatte ganz vergessen, dass ja bald Valentinstag ist.«

»Ich nicht«, sagte Kim und lächelte in sich hinein. Schon seit Wochen überlegte sie hin und her, wie sie Michi zum Valentinstag überraschen könnte, hatte sich bis jetzt aber noch nicht für ein Geschenk entscheiden können.

»Eins ist klar«, sagte Franzi und grinste. »Wenn wir Marie das erzählen, wird sie sich schwarzärgern. Das wäre genau das Richtige für sie, aber leider geht sie ja aufs Gymnasium. Tja, dumm gelaufen!«

Kim gab ihr einen gut gezielten Stoß in die Rippen. »Sei doch nicht so schadenfroh! Marie hätte sicher große Chancen, bei ihrem schauspielerischen Talent. Es tut mir leid für sie, dass sie nicht mitmachen kann.«

»Ja, mir auch«, räumte Franzi ein. »Aber was ist mit dir? Gehst du zu diesem Casting?«

Kim zögerte. »Ich? Ich weiß nicht … Toll wäre es schon, aber die nehmen mich garantiert nicht. Da bewirbt sich doch die halbe Schule. Außerdem werde ich vor Lampenfieber sterben, noch bevor das Casting überhaupt angefangen hat.«

»Übertreib nicht«, sagte Franzi. »Du wärst sicher total süß in so einer Foto-Lovestory. Was meinst du? Wollen wir es beide probieren? Verlieren können wir nichts dabei. Stell dir einfach vor, es ist ein spannendes Spiel.«

Kim war immer noch nicht überzeugt von der Sache. Sie hasste es, im Mittelpunkt zu stehen und sich zu blamieren. Und so, wie sie sich kannte, würde sie vor lauter Aufregung alles vermasseln.

Doch diesmal ließ Franzi nicht locker. »Komm! Ich bin auch über meinen Schatten gesprungen und hab beim Liebeszauber mitgemacht. Jetzt bist du dran!«
»Aber das war doch ganz was anderes!«, startete Kim einen letzten schwachen Versuch, obwohl sie im Grunde doch ziemlich neugierig war, was bei diesem Casting wohl passieren würde.
Franzi verschränkte die Arme vor der Brust. »Finde ich nicht. Also was ist? Bist du ein Feigling, oder bist du kein Feigling?«
Das gab den Ausschlag. Kim war zwar manchmal ein bisschen ängstlich, aber einen Feigling wollte sie sich dann doch nicht nennen lassen, schon gar nicht von Franzi. »Ich bin dabei!«, sagte sie und hob ihre rechte Hand.
Franzi schlug ein, und die Freundinnen grinsten sich verschwörerisch an.

Drei Stunden später bereute Kim ihre Entscheidung bereits wieder. Als sie zusammen mit Franzi die Lobby des großen Hotels betrat, in dem das Casting stattfinden sollte, rutschte ihr das Herz sofort in die Hose. Es war genauso, wie sie es befürchtet hatte: Mindestens die Hälfte der Georg-Lichtenberg-Gesamtschule hatte sich versammelt. Jeder wollte dabei sein, vor allem die Mädchen, und eine war natürlich hübscher als die andere. Viele hatten ihre Beautycases mitgebracht und machten sich vor den Spiegeln noch schöner, als sie sowieso schon waren.
»Ich glaub, ich hab doch schon was anderes vor …«, murmelte Kim und machte auf dem Absatz kehrt.

Franzi hielt sie am Arm zurück. »Nichts da! Du bleibst hier. Du kannst mich doch nicht mit diesem Haufen verrückter Hühner alleine lassen.«
»Okay, schon gut!«, gab Kim nach.
Zumindest war es ein schwacher Trost, dass Franzi noch weniger gestylt war als sie selbst. Sie trug ein ganz normales Shirt und Jeans und hatte sich auch nicht geschminkt. Trotzdem sah sie toll aus mit ihren roten Haaren, die sie am Hinterkopf zu zwei frechen kleinen Pferdeschwänzen hochgebunden hatte.
Da kam eine schlanke junge Dame im grünen Kostüm auf sie zu und lächelte freundlich. »Hallo, ich bin Desirée von der Casting-Agentur. Habt ihr euch schon angemeldet?«
Kim zuckte zusammen und brachte kein Wort heraus.
»Nein, noch nicht«, sagte Franzi, »aber das wollten wir gerade tun.«
Desirée musterte Kim von oben bis unten. Dann gab sie ihr und Franzi je einen Fragebogen in die Hand. »Bitte füllt den Bogen aus, und gebt ihn dann bei der Dame da vorne am Informationstisch ab.«
Kim musste schlucken. Auf einmal wurde alles so ernst. Desirée musterte sie noch mal eingehend, und prompt wurde Kim rot. Hatte sie etwa einen Pickel auf der Nase? Oder Tomatensoße vom Mittagessen? Am liebsten wäre sie im flauschigen Teppich der Lobby versunken.
»Wir sehen uns dann gleich wieder«, sagte Desirée, bevor sie sich verabschiedete. »Ich freu mich auf euch.« Sie lächelte wieder, aber sie sah nur Kim dabei an.
Als sie weg war, fragte Franzi: »Kennst du die?«

Kim schüttelte den Kopf. »Ich hab sie noch nie gesehen. Keine Ahnung, warum sie mich dauernd so angestarrt hat. Das ist dir doch auch aufgefallen, oder?«
»Ja«, sagte Franzi. »Ach, mach dir keinen Kopf deswegen! Vielleicht hat sie dich ja aus der Zeitung wiedererkannt, letzten Herbst war doch ein Foto von unserem Detektivinnenclub im Stadtanzeiger.«
»Möglich«, murmelte Kim, obwohl sie nicht so recht daran glaubte. Viel eher glaubte sie, dass die Agentin sie jetzt schon auf dem Kieker hatte und ihr gleich ein paar fiese Fragen stellen würde, auf die sie dann natürlich keine Antwort wüsste.
Franzi riss sie aus ihren trüben Gedanken. »Los, lass uns die Fragebögen ausfüllen!«
Sie setzten sich in eine einigermaßen ruhige Ecke auf den Boden und holten ihre Kugelschreiber heraus. Die Fragen waren einfach, nur das Übliche: Alter, Hobbys und so weiter. Bald waren sie fertig und gaben die Bögen am Informationstisch ab. Danach atmete Kim erst mal auf. Jetzt würde es bestimmt eine ganze Weile dauern, bis sie drankamen. Schließlich waren noch so viele Kandidaten vor ihnen.
Aber sie täuschte sich. Schon eine Viertelstunde später kam die Frau vom Informationstisch auf Kim zu und sagte: »Würdest du mich begleiten? Desirée möchte dich jetzt sehen.«
Kim nickte stumm und warf Franzi einen letzten verzweifelten Blick zu. Die grinste nur und streckte den Daumen in die Höhe.
Kim folgte der Frau durch eine unübersichtliche Reihe von langen Fluren und kam sich vor, als wäre sie auf dem Weg

zu einer dreistündigen Mathe-Prüfung. Warum hatte sie sich bloß darauf eingelassen? Sie hätte sich nicht von Franzi überreden lassen dürfen, aber jetzt war es zu spät.
Endlich blieb die Frau vor einer zweiflügeligen Tür stehen.
»Hier sind wir!«, sagte sie, klopfte an und schob Kim durch die Tür, bevor sie sich dagegen wehren konnte.
Kim musste blinzeln, weil das Deckenlicht im Vergleich zur schwachen Beleuchtung im Flur so grell war. Als sie sich umsah, bekam sie einen Schock: Sie stand in einem riesigen Konferenzraum, und vorne an einem Tisch wartete die vierköpfige Jury auf sie: Desirée und drei weitere junge Frauen, die alle wie aus dem Ei gepellt aussahen und super gestylt und geschminkt waren.
»Komm doch näher«, sagte Desirée.
Zögernd lief Kim los. Jetzt war es auch schon egal, sie wollte die peinliche Situation nur schnell hinter sich bringen.
Als sie schließlich vor den Frauen stand, versuchte sie, den prüfenden Blicken auszuweichen, und tat so, als würde sie sich brennend für ein Landschaftsbild an der Wand hinter der Jury interessieren.
Die Frauen steckten die Köpfe zusammen und tuschelten leise. Kim konnte nicht viel verstehen, nur einen Satz von Desirée: »Na, hab ich euch zu viel versprochen?«
Was sollte das denn bedeuten? Fanden sie sie so unmöglich und wollten sich deshalb lustig über sie machen? Kamen jetzt irgendwelche doofen Sprüche wie in den TV-Castings?
»Hallo, Kim!«, sagte Desirée. »Schön, dass du hier bist. Möchtest du uns kurz erzählen, wie alt du bist, was du in der Freizeit so machst und was du am liebsten magst?«

Was sollte das denn jetzt? Das hatte sie doch alles schon auf dem Fragebogen beantwortet. Kim überlegte, ob sie es sagen sollte, aber dann fing sie an, stockend zu erzählen. Als sie zum Thema Detektivinnenclub kam, merkte sie, dass sie endlich flüssiger redete. Kein Wunder, das war ja auch ihre große Leidenschaft!

»Vielen Dank!«, sagte Desirée. »Das war sehr spannend. Ich muss mich übrigens noch bei dir entschuldigen. Du hast dich sicher ein bisschen gewundert, dass ich dich in der Lobby so genau angesehen habe.«

»Hmm … schon«, murmelte Kim und starrte wieder auf das Landschaftsbild.

»Das liegt ganz einfach daran«, redete Desirée weiter, »dass du genau der Typ bist, den wir als Hauptdarstellerin für unsere Foto-Lovestory suchen.«

Das muss ein Irrtum sein, dachte Kim sofort. Das kann nicht sein.

»Aber ich hab mich nur einfach so beworben«, sagte sie. »Ich hab überhaupt keine Schauspielerfahrung oder so. Und als Model hab ich auch noch nicht gearbeitet.«

Die dunkelhaarige Frau neben Desirée lächelte. »Das macht überhaupt nichts, im Gegenteil. Wir suchen nämlich einen frischen, natürlichen Typ, ein zierliches Mädchen mit einer süßen Kurzhaarfrisur und einer tollen Ausstrahlung. Jemanden, mit dem sich unsere Leserinnen identifizieren können.«

»Ganz genau«, stimmte Desirée zu. »Und du erfüllst alle diese Kriterien perfekt. Ich weiß, das kommt jetzt alles ein bisschen plötzlich, aber könntest du dir denn vorstellen, die Rolle zu übernehmen?«

Alle vier Frauen sahen Kim erwartungsvoll an. Sie warteten auf eine Antwort. Kim musste jetzt irgendwas sagen, aber ihr Gehirn war wie leer gefegt. Sie war immer noch dabei, zu verstehen, was das Angebot überhaupt bedeutete.
»Also …«, fing sie an. »Ich weiß nicht.«
Na toll! Das klang ja superbegeistert. Prompt huschte ein Hauch von Enttäuschung über die Gesichter der Jury. Kims Knie fingen an zu zittern.
»Natürlich kannst du dir das Ganze noch in Ruhe überlegen und mit deinen Eltern darüber sprechen«, versicherte die dunkelhaarige Frau.
Kim biss sich auf die Lippe. Daran hatte sie noch gar nicht gedacht. Was ihre Mutter wohl dazu sagen würde? Wahrscheinlich würde sie erst mal ausflippen und Angst haben, dass durch das Fotoshooting ihre schulischen Leistungen nachlassen würden. Doch als Kim daran dachte, merkte sie plötzlich, dass ihre Knie aufhörten zu zittern. Wie eine Riesenwelle voller Glück und Freude flutete die wunderbare Nachricht auf sie zu. Ihr Herz klopfte wie verrückt, und auf einmal war sie sich hundertprozentig sicher, dass es nur eine einzige Antwort auf dieses Angebot geben konnte.
»Ja!«, sagte sie laut.
Was in den nächsten Minuten passierte, bekam sie kaum mit. Es rauschte wie ein Film an ihr vorbei. Alle gratulierten ihr, und Desirée erklärte ihr, wann und wo das Fotoshooting stattfinden würde und was sie dazu mitbringen sollte.
»Alles klar?«, fragte sie am Schluss.
Kim nickte, obwohl sie bestimmt nur die Hälfte mitbekommen hatte.

Zum Glück drückte ihr die dunkelhaarige Frau ein paar Blätter in die Hand. »Da steht alles noch mal ausführlich drin. Und hinten ist eine Einverständniserklärung, die deine Eltern unterschreiben müssen.«
»Ja, danke«, sagte Kim und nahm die Blätter in die Hand. Sie wollte sich gerade verabschieden, da klopfte es an der Tür.
»Herein!«, rief eine der Frauen.
Die Tür ging auf, und die Person kam herein, mit der Kim im Augenblick am wenigsten gerechnet hätte: Robin. Der Robin aus ihrer Klasse, der immer lautstarke Witze riss. Der Robin, der sie ständig damit aufzog, dass sie eine berühmte Detektivin sei. Der Robin, den sie absolut nicht ausstehen konnte. Was in aller Welt wollte er hier?
»Ach«, sagte Desirée. »Das ist ja nett! Robin, komm doch zu uns, dann kannst du gleich Kim, deine Partnerin bei der Foto-Lovestory, kennenlernen. Ihr werdet bestimmt viel Spaß miteinander haben und ein wunderbares Paar sein. Eins kann ich euch jetzt schon verraten.« Sie zwinkerte Kim zu und machte eine geheimnisvolle Kunstpause. »In einer Szene dürft ihr euch auch küssen!«
Robin war inzwischen näher gekommen, grinste Kim an und zeigte dabei seine großen, leicht vorstehenden Schneidezähne. Dann fragte er: »Echt, so richtig auf den Mund?«
»Natürlich«, sagte Desirée und lachte.
Der Boden unter Kim fing an zu schwanken. Nur durch ein Wunder schaffte sie es, nicht umzukippen.

Geheimes Tagebuch von Kim Jülich
Mittwoch, 18:07 Uhr

Extra-Botschaft für Ben und Lukas, meine süßen kleinen Zwillingsbrüder: Wenn ihr es wagt, an meinen Computer zu gehen und dieses Tagebuch zu lesen, mache ich erst Apfelmus aus eurem Fußball und dann aus euch!!!

Ich bin völlig fertig! Heute ist an einem einzigen Tag so viel passiert wie in den letzten drei Monaten zusammen. Was soll ich bloß tun? Ich stecke in der größten Zwickmühle meines Lebens, und das Schlimmste daran ist, es gibt keinen Ausweg.

Die verrückten, schrecklichen und wunderschönen Details auf einen Blick:

1. *Ich habe die Hauptrolle in der Foto-Lovestory zum Valentinstag bekommen!!!*
2. *Ich wurde unter hunderten von Mädchen ausgewählt, die mir jetzt vor lauter Eifersucht bestimmt gerne den Hals umdrehen würden. Ätsch, ich hab die Rolle, und nicht ihr!*
3. *Vier Frauen haben mir gerade völlig objektiv und unbestechlich bestätigt, dass ich ein frischer, natürlicher Typ bin, ein zierliches (!!!) Mädchen mit einer süßen Kurzhaarfrisur und einer tollen Ausstrahlung! Diese Beschreibung sollte ich mir an den Badezimmerspiegel hängen, damit ich sie nicht vergesse, wenn ich das nächste Mal hineinsehe und mich superdick und hässlich finde.*
4. *Franzi und Marie sind richtig ausgeflippt, als sie es erfahren haben. Ich hab Marie natürlich gleich auf dem Handy angerufen. Beide freuen sich total für mich, und Marie ist überhaupt nicht sauer. Ich habe eben die besten Freundinnen auf der ganzen Welt!*

5. *Meine Eltern sind einverstanden! Meine Mutter hat nichts dagegen. Ich glaube, sie ist sogar richtig stolz auf mich.*
6. *Aber natürlich gibt es einen riesengroßen Haken bei der Sache: Ich muss ROBIN auf den Mund küssen. Allein bei der Vorstellung könnte ich jetzt schon kotzen.*
7. *Der zweite riesengroße Haken ist: Michi darf nichts davon erfahren! NIEMALS!*
   Als ich mich heute nach dem Casting mit ihm im Café Lomo getroffen hab, war er wieder so wahnsinnig süß zu mir. Er hat mir einen Kakao Spezial mit Vanille-Aroma spendiert und mir tief in die Augen gesehen. Und ich bin mir die ganze Zeit total schlecht vorgekommen, als würde ich ihn betrügen.
8. *Ich kann nicht mehr zurück, ich habe schon fest zugesagt. Wie konnte ich nur so bescheuert und naiv sein, gleich Ja zu sagen? Jetzt muss ich es ausbaden.*
9. *Hab ich den falschen Liebeszauber ausgewählt? Als Überschrift stand oben nur: »Der erste richtige Kuss«. Aber ich will doch von Michi meinen ersten Kuss bekommen, nicht von Robin! Ich hasse Robin!*

Liebster Michi! Wenn du mir doch nur helfen könntest! Aber du bist der Einzige, den ich nicht um Hilfe bitten darf.
Hab ich es nicht gleich gesagt? Ich stecke in der größten Zwickmühle meines Lebens, und das Schlimmste daran ist, es gibt keinen Ausweg!

Unfallursache ungeklärt!

In dem Moment, als Kim ihren Tagebucheintrag beendete, kam Marie von der Aerobicstunde nach Hause und schlüpfte aus ihrem neuen hellblauen Daunenanorak. »Papa?«, rief sie. »Bist du schon da?«

Gestern hatte ihr Vater erzählt, dass er heute früher Drehschluss hätte und wieder was Leckeres kochen würde. Aber aus der Küche kamen leider noch keine verführerischen Gerüche. Marie legte den Schlüssel auf die Kommode im Flur und ging zum Büro von Herrn Grevenbroich. Vielleicht war er ja auf irgendeiner Krimiseite am Computer versunken. Doch das Büro war leer.

Marie seufzte. Franzi und Kim beneideten sie oft um ihren interessanten Vater, aber der Alltag mit einem Schauspielervater war leider ziemlich chaotisch. Er konnte nie genau sagen, wie lange die Dreharbeiten tatsächlich dauern würden, und war außerdem manchmal tagelang im Ausland unterwegs. Dann war es in der großen, schönen Penthousewohnung ziemlich leer und einsam.

Die Lieblingswolljacke ihres Vater hing über dem Bürostuhl. Marie nahm sie in die Hand, da stieg ihr der typische Duft in die Nase, den sie so mochte: eine Mischung aus seinem herben Aftershave, Wolle und Geborgenheit. Plötzlich musste sie an den gestrigen Abend denken, und sofort hatte sie wieder einen Kloß im Hals. Warum redete Papa so wenig über Mama und über den Unfall? Je mehr er auswich und das Thema vermied, umso schlimmer wurde es doch.

Traurig hängte Marie die Jacke zurück an den Stuhl. Da fiel ihr Blick auf den Schreibtisch, der wie immer mit Stapeln von Papieren und Büchern bedeckt war. Ein paar Phantombilder von international gesuchten Verbrechern lagen obenauf und ein ausgeschnittener Zeitungsartikel, dessen Papier schon ziemlich vergilbt war. Neugierig ging Marie näher hin und wurde blass, als sie das Datum rechts oben las: der 11. Februar und genau das Jahr, in dem ihre Mutter ums Leben gekommen war. Der Artikel war einen Tag nach dem Unfall erschienen, Marie hatte ihn noch nie gesehen.

Sie musste sich setzen, weil ihr schwindelig wurde, und dann las sie den Artikel von Anfang bis Ende durch.

Unfallursache ungeklärt!

Gestern ereignete sich auf der Landwehrstraße stadtauswärts ein tragischer Unfall. Um 14:30 Uhr kam eine fünfundzwanzigjährige Frau mit ihrem Wagen, einem dunkelblauen Golf, von der Fahrbahn ab und raste gegen einen Baum.

Als ein Autofahrer kurz nach dem Unfall eintraf, um Erste Hilfe zu leisten, war es bereits zu spät. Es ist bis jetzt unklar, warum die Frau von der Fahrbahn abkam und warum sie mit hoher Geschwindigkeit gegen den Baum fuhr, ohne zu bremsen. Die Straßenführung war an dieser Stelle weder kurvenreich noch besonders eng. Außerdem hatte der Feierabendverkehr noch nicht eingesetzt. Ob die Bremsen versagt haben, lässt sich im Moment noch nicht sagen. Ferner ist nicht geklärt, ob sich weitere Personen zur fraglichen Zeit am Unfallort befanden.

Zurzeit laufen die Ermittlungen auf Hochtouren. Es werden dringend Zeugen gesucht, die sich zur Unfallzeit in der Nähe aufgehalten haben und möglicherweise wichtige Hinweise zur Unfallursache geben können. Zeugen wenden sich bitte an die Polizeiwache 3 in der Friedrichstraße oder an jede andere Polizeidienststelle.

Marie legte den Artikel mit zitternden Fingern zurück auf den Tisch. Es kam ihr vor, als könnte sie sich daran verbrennen, wenn sie ihn nur eine Sekunde länger in der Hand halten würde.

Tausend Fragen schossen ihr durch den Kopf: Warum hatte ihr Vater ihr den Artikel nie gezeigt? War es wirklich ein tragischer Unfall gewesen, oder waren noch andere Personen darin verwickelt gewesen? Vielleicht jemand, der aus Angst Fahrerflucht begangen hatte? Gab es Zeugen, die sich auf den Artikel hin gemeldet hatten? Und warum hatte ihre Mutter nicht gebremst? Hatten die Bremsen versagt oder – Marie wagte den Gedanken kaum zu Ende zu denken – hatte vielleicht jemand die Bremsen manipuliert?

Ein eiskalter Schauer lief ihr über den Rücken. Zum ersten Mal in ihrem Leben wünschte sie sich, keine Detektivin zu sein und ihren Kopf ausschalten zu können. Einerseits wollte sie am liebsten alles wieder vergessen, was sie gerade gelesen hatte. Andererseits wusste sie, dass ihr der Unfall keine Ruhe lassen würde. Sie musste herausfinden, ob ein Verbrechen dahintersteckte.

Ohne lange zu überlegen, holte sie ihr Handy aus der Tasche und fotografierte den Artikel. Dann flüchtete sie aus dem Büro, als ob sie etwas Verbotenes getan hätte oder als ob unsichtbare Geister sie verfolgen würden. Kaum war sie im Flur, drehte sich ein Schlüssel in der Haustür.

»Hallo, Prinzessin!«, sagte Herr Grevenbroich, während er schwungvoll seine Tasche auf der Kommode ablegte. »Tut mir leid, dass ich so spät dran bin, aber der Regisseur hat ewig an der letzten Einstellung gefeilt, und wir …« Mitten im Satz stockte er und starrte Marie an. »Wie siehst du denn aus? Ist was passiert? Hast du dich verletzt?«

Marie schüttelte langsam den Kopf. »Nein, mir ist nichts passiert, aber ich hab gerade den Artikel gefunden über Mamas Unfall.«

Herr Grevenbroich ließ die Schultern sinken und wirkte auf einmal müde. »Ach so … der Artikel. Ich hätte ihn nicht auf dem Schreibtisch liegen lassen sollen.«

»Ich bin froh, dass ich ihn gelesen habe«, sagte Marie. »Und ich möchte mehr darüber wissen.«

Ihr Vater rieb sich mit der Hand über die Stirn und seufzte. »Ach, Prinzessin! Ich hab dir doch gestern schon gesagt, dass man die Vergangenheit besser ruhen lassen sollte. Das hat doch keinen Sinn, sich jetzt noch verrückt zu machen. Davon wird Mama auch nicht wieder lebendig.«

»Stimmt«, sagte Marie. »Aber trotzdem will ich es wissen. Haben sich damals Zeugen gemeldet? Was war mit den Bremsen? Was ist damals wirklich passiert? Papa, du musst es mir erzählen!«

Herr Grevenbroich ging auf sie zu und nahm sie in den Arm. »Meine Kleine! Verstehst du nicht, dass es da nichts zu erzählen gibt? Ich weiß auch nicht mehr als das, was in dem

Artikel steht. Die Unfallursache konnte nie geklärt werden, auch nach den Ermittlungen der Polizei nicht.«
»Aber es muss doch irgendeinen Hinweis gegeben haben, wenigstens irgendeinen Verdacht oder ein Indiz …«, sagte Marie und löste sich aus der Umarmung ihres Vaters.
Herr Grevenbroich schüttelte den Kopf. »Nein, da war nichts. Marie, beruhige dich doch! Ich weiß, du hast mit deinen Freundinnen schon viele schwierige Fälle aufgeklärt, aber manchmal gibt es eben auch Fälle, die nicht gelöst werden können. Heute sowieso nicht mehr. So viele Jahre sind inzwischen vergangen. Lass die Sache ruhen, und versuche lieber, das Ganze zu vergessen.«
Marie biss sich auf die Lippe, weil sie merkte, dass ihr die Tränen kamen. Sie wusste genau, dass sie »die Sache«, wie ihr Vater sie so neutral nannte, niemals vergessen konnte. Und je mehr er sie davon abbringen wollte, umso mehr musste sie daran denken. Warum konnte er sie nicht verstehen? Er war doch sonst immer so sensibel. Auf einmal fühlte sich Marie allein, obwohl ihr Vater da war, aber er konnte oder wollte ihr nicht helfen.
»Alles klar«, murmelte sie und ging in ihr Zimmer.
»Marie!«, rief ihr Vater. »Warte doch! Was möchtest du denn heute essen? Wieder Auberginenauflauf, oder soll ich uns Ofenkartoffeln machen?«
Marie drehte sich nicht mehr um. »Ich hab keinen Hunger«, sagte sie. Dann machte sie die Tür hinter sich zu, sperrte zweimal ab und warf sich aufs Bett. Da kamen auch schon wieder die Tränen. Marie verbarg ihren Kopf im Kissen und heulte los.

Sonst hatte sich Marie immer auf die Clubtreffen gefreut und es gar nicht erwarten können. Heute war sie unendlich traurig und wie betäubt, dabei hatte sie selber das Treffen anberaumt, um über den Unfall ihrer Mutter zu sprechen und Franzi und Kim um Rat zu fragen. Auf dem Weg zu Franzi fiel ihr jeder Tritt in die Pedale unglaublich schwer, und das lag nicht an der Kälte, die erbarmungslos durch die Kleider und ihre Wollhandschuhe drang. Noch nie war ihr die halbstündige Strecke so lang vorgekommen.
Nach einer halben Ewigkeit tauchte endlich das rote Backsteingebäude auf, in dem Franzi wohnte. Marie stieg ab und schob ihr Fahrrad hinüber zum alten Pferdeschuppen hinter dem Haus. Für einen kurzen Moment musste sie an Stefan denken, Franzis großen Bruder, in den sie lange Zeit unglücklich verliebt gewesen war. Jedes Mal, wenn sie Franzi besuchte, hatte sie gehofft, ihn zu treffen, obwohl es natürlich total unrealistisch war, dass er sich in sie verlieben würde, schließlich war er schon achtzehn. Diese Schwärmerei kam ihr jetzt richtig kindisch vor – vor allem seit sie Holger kennengelernt und sich Hals über Kopf in ihn verliebt hatte, und er sich auch in sie! Aber selbst der Gedanke an Holger konnte sie nicht aufmuntern.
Seufzend machte Marie das Tor des Pferdeschuppens auf, den die drei !!! in mühevoller Kleinarbeit renoviert und zu ihrem Hauptquartier umgebaut hatten. Der alte Bollerofen lief auf Hochtouren, und Franzi und Kim saßen bereits am Tisch vor zwei dampfenden Tassen mit heißer Schokolade. Franzi hatte außerdem extra zwei Schalen mit Keksen und Gummibärchen hingestellt.

»Da bist du ja endlich!«, rief Kim mit einem leicht vorwurfsvollen Blick auf ihre Uhr. »Natürlich wieder mal zu spät.«
»Entschuldigt«, murmelte Marie und wartete auf die nächste spitze Bemerkung von Franzi, die normalerweise eine solche Gelegenheit nicht ausließ, aber wider Erwarten strahlte sie Marie an, als ob sie der Weihnachtsmann höchstpersönlich wäre, und schenkte ihr lächelnd auch eine Tasse heiße Schokolade ein.
»Ich war übrigens gerade noch auf der Skateranlage ... mit Benni«, fügte sie bedeutungsvoll hinzu.
»Und?«, fragte Kim. Dabei vergaß sie völlig, den extragroßen Karamellkeks zu essen, der schon auf halbem Weg zu ihrem Mund gewandert war. »Wie war's?«
Franzi wurde rot und lächelte. »Ziemlich gut. Ich glaube, jetzt bin ich richtig verliebt in ihn. Ich hatte total weiche Knie und konnte kaum skaten, nur weil mir Benni einmal kurz zugeblinzelt hat.«
Kim legte den Keks weg, sprang auf und fiel Franzi um den Hals. »Das ist ja super! Der Liebeszauber hat gewirkt.«
»Welcher Liebeszauber?«, fragte Marie, während sie lustlos an ihrer heißen Schokolade nippte.
Franzi wurde noch röter. »Na ja ... ähm ... so ein Liebeszauber aus deinem Hexenbuch, du weißt schon, um meine Liebe zu Benni zu verstärken. Ich dachte, ich probier's einfach mal aus, schaden kann's auf jeden Fall nicht. Aber dass es sofort wirken würde, hätte ich nie gedacht.«
»Toll, freut mich für dich«, murmelte Marie, obwohl sie sich im Augenblick über gar nichts freuen konnte.
Franzi schien es nicht zu merken. »Echt? Du lachst mich

nicht aus? Weil ich doch immer so gelästert hab über deinen übersinnlichen Spleen.«

»Nein, wieso?«, sagte Marie. Vielleicht hätte sie sich normalerweise tatsächlich ein bisschen darüber mokiert, aber heute war ihr bestimmt nicht nach Lachen zumute.

»Ich bin übrigens nicht die Einzige, die einen Liebeszauber ausprobiert hat«, redete Franzi schnell weiter. »Kim hat sich auch einen ausgesucht. Und – hat Michi dich schon geküsst? Ihr habt euch doch gestern im *Café Lomo* getroffen.«

Kim stopfte sich den ganzen Karamellkeks auf einmal in den Mund, um Zeit zu gewinnen. Erst als sie den letzten Krümel hinuntergeschluckt hatte, sagte sie leise: »Nein, noch nicht … Bei mir ist der Liebeszauber leider kräftig nach hinten losgegangen.« Dann erzählte sie von ihrem Dilemma mit Robin und dass sie wahrscheinlich nicht darum herumkommen würde, ihn zu küssen.

Franzi grinste über das ganze Gesicht. »Robin küssen, das ist wirklich eklig, aber sieh's doch so: Da kannst du schon mal üben, und wenn du dann später Michi küsst, bist du ein Kuss-Profi und kannst ihn mit raffinierten Tricks überraschen.«

»Ich will aber kein Kuss-Profi sein!«, protestierte Kim. »Darauf kann ich echt verzichten. Ich will, dass Michi der Erste ist, der mich küsst! Habt ihr vielleicht einen Tipp für mich, was ich tun könnte?«

Franzi schüttelte amüsiert den Kopf. »Tut mir leid, aber ich fürchte, da musst du jetzt durch.«

»Was meinst du denn dazu, Marie?«, fragte Kim weiter. »Du hast noch gar nichts dazu gesagt!«

Marie hob hilflos die Schultern. Sie hatte ihren Freundinnen nur mit halbem Ohr zugehört und immer wieder an den Unfall ihrer Mutter denken müssen. »Keine Ahnung.«
Da sah Kim sie zum ersten Mal richtig an. »Mensch, was ist los? Wir sitzen hier und quatschen und quatschen, dabei scheint es dir richtig schlecht zu gehen. Was ist passiert?«
Franzi rückte jetzt auch besorgt näher. »Ja, warum hast du uns so dringend zum Clubtreffen zusammengetrommelt? Hast du einen neuen Fall für die drei !!!?«
»Ich weiß nicht«, sagte Marie. »Kann sein, kann aber auch nicht sein.«
»Du machst es aber spannend!«, sagte Kim und angelte sich eine Handvoll Gummibärchen aus der Schale.
Marie stieß einen tiefen Seufzer aus. »Tut mir leid. Diesmal ist es anders als sonst. Diesmal bin ich einfach zu nah dran ...« Schon wieder stiegen ihr Tränen in die Augen, und sie wischte sie schnell weg.
»Was ist los?«, fragte Kim wieder. »Bitte, erzähl uns, was dich bedrückt!«
Marie fiel es unglaublich schwer, einen Anfang zu finden. Sie holte tief Luft und versuchte es. Stockend erzählte sie vom ersten Gespräch mit ihrem Vater, vom Unfall ihrer Mutter und von dem Zeitungsartikel, den sie zufällig gefunden hatte.
»Das ist alles so verwirrend und schrecklich ... und mein Vater will einfach nicht mit mir darüber reden. Er macht total zu, aber ich muss wissen, was damals passiert ist.«
»Natürlich!«, sagte Franzi. »Das würde mir an deiner Stelle ganz genauso gehen.«

Kim legte den Arm um Maries Schulter. »Du Arme! Das muss furchtbar für dich sein. Und du glaubst wirklich, es könnte ein Verbrechen gewesen sein?«
»Vielleicht«, sagte Marie. »Vielleicht täusche ich mich auch, aber es sind zu viele Fragen offen in diesem Fall. Warum hat keiner was gesehen? Warum hat sich kein Zeuge gemeldet? Das ist doch komisch.«
Kim runzelte die Stirn. »Allerdings.«
»Ich finde, wir sollten der Sache nachgehen«, schlug Franzi vor. »Natürlich ist es einige Jahre her, aber irgendeine Spur werden wir schon auftun, da bin ich ganz sicher. Am besten statten wir gleich morgen Kommissar Peters einen Besuch ab. Es gibt doch garantiert eine alte Polizeiakte über den Unfall.«
Kim nickte entschlossen. »Ja, genau! Das machen wir. Schließlich sind wir die berühmten drei !!!. Wir lassen uns nicht so einfach unterkriegen, und wir werden herausfinden, was damals wirklich passiert ist.« Sie zog eine ihrer Visitenkarten aus der Hosentasche und gab sie Marie.

»Wir lösen jeden Fall!«, murmelte Marie und zögerte kurz. Doch dann sah sie zwischen ihren Freundinnen hin und her und musste zum ersten Mal lächeln. »Danke, ihr seid echt lieb!«

Franzi winkte ab. »Das ist doch selbstverständlich. Natürlich helfen wir dir.«

»Was haltet ihr davon, wenn wir jetzt unseren Power-Spruch aufsagen?«, fragte Kim. »Ich hab so das Gefühl, dass wir ihn diesmal besonders brauchen werden.«

»Gute Idee«, sagte Marie.

Den Power-Spruch sagten die Detektivinnen immer dann auf, wenn sie einen neuen Fall hatten oder gerade besonders viel Energie für ihre Ermittlungen benötigten. Marie fand das Ritual normalerweise ein bisschen albern, aber heute komischerweise gar nicht.

Die drei !!! standen auf und stellten sich feierlich im Kreis auf. Dann streckten sie die Arme aus, legten die Hände übereinander und riefen im Chor: »Die drei !!!« Kim sagte: »Eins!«, Franziska »Zwei!« und Marie »Drei!«. Am Schluss hoben sie gleichzeitig die Hände in die Luft und riefen laut: »Power!«

Die Polizeiakte

»Schön, euch wiederzusehen!«, sagte Kommissar Peters und rückte drei Stühle für die Detektivinnen heran.
Kim, Franzi und Marie setzten sich und sahen sich in seinem Büro um, das sie inzwischen ziemlich gut kannten. Es war äußerst karg eingerichtet, und der einzige Schmuck an der Wand war ein scheußlicher Kalender mit kitschigen Naturaufnahmen.
»Was führt euch denn diesmal zu mir?«, fragte der Kommissar, nachdem er ihnen Cola eingeschenkt hatte, die er seit Neuestem immer bereithielt, seit er mit den drei !!! zusammenarbeitete. »Lasst mich raten: Ihr habt einen neuen Fall!«
Kim nickte. »Stimmt genau, wobei es eigentlich ein alter neuer Fall ist.«
Kommissar Peters zog die linke Augenbraue hoch. »Was soll das denn heißen? Geht es dabei um Archäologie oder alte Gemälde?«
Franzi schüttelte den Kopf. »Nein, gar nicht. Es geht um …«
»… um meine Mutter«, beendete Marie den Satz.
Der Kommissar sah sie überrascht an. »Aber deine Mutter ist doch vor einigen Jahren verstorben, wenn ich richtig informiert bin, oder?«
»Richtig«, sagte Marie. »Sie ist damals bei einem Autounfall ums Leben gekommen. Ich habe neulich zufällig einen Artikel darüber entdeckt und … na ja … das Ganze ist ziemlich mysteriös, die Unfallursache wurde nämlich nie geklärt.«

Kommissar Peters stützte seinen Kopf in die Hände. »Oje! Das tut mir leid für dich, Marie, aber meinst du nicht, du solltest die Sache lieber ruhen lassen?«
Marie spürte, wie sie wütend wurde. Der Kommissar behandelte sie wie ein kleines Kind. »Dasselbe hat mein Vater auch gesagt. Ich habe aber keine Ruhe. Ich will es wissen!«
Kim legte ihr beschwichtigend die Hand auf den Arm. »Marie ist nicht alleine. Wir wollen es alle drei herausfinden, aber keine Angst, wir werden Sie nicht lange damit belästigen. Sie müssen uns nur die Nummer der Polizeiakte von damals sagen, dann sehen wir selbst im Archiv nach.«
Kommissar Peters runzelte die Stirn.
»Es gibt doch eine Akte darüber?«, hakte Franzi nach.
Der Kommissar nickte. »Ja, schon, aber …«
»Bitte!«, sagte Marie flehend. »Es ist mir wirklich sehr, sehr wichtig. Bitte helfen Sie uns!«
»Das würde ich ja gerne«, sagte Kommissar Peters, »aber der Zutritt zum Polizeiarchiv ist für Außenstehende streng verboten.«
Kim lächelte ihn extrafreundlich an und legte all ihr diplomatisches Geschick in den nächsten Satz. »Bei uns könnten Sie doch mal eine Ausnahme machen, oder? Schließlich sind wir fast … natürlich nicht ganz … aber beinahe so was wie Kollegen!«
Plötzlich bekam der Kommissar einen strengen Zug um den Mund. »Nein, das kann ich nicht, auf gar keinen Fall!«
Franzi tauschte einen kurzen Blick mit Marie und Kim. Warum waren Polizisten manchmal bloß so entsetzlich stur? Aber wenn Kims Diplomatie nicht half, musste man eben

ein bisschen Druck anwenden. »Wie viele Fälle haben wir eigentlich inzwischen erfolgreich gelöst und Ihnen damit eine Menge Arbeit erspart?«, fragte sie.
Kommissar Peters sah zwar nicht mehr so streng aus, aber er antwortete nicht auf die Frage. »Ich weiß, was du damit sagen willst, Franzi. Ihr habt schon einige wirklich kniffflige Fälle gelöst. Das will ich nicht abstreiten. Trotzdem, ihr bringt mich in Teufels Küche mit eurer Bitte!«
Die drei !!! wussten, dass jetzt nur noch eines half: Sie sahen den Kommissar stumm und flehend an.
Endlich seufzte er. »Na gut! Ich werde euch helfen. Aber ins Polizeiarchiv dürft ihr nicht, und die Akte selbst ist auch streng geheim. Ich werde nach ihr suchen und sie mir durchlesen. Danach rufe ich euch an, und ihr könnt mir Fragen dazu stellen.«
Marie, die schon alle Hoffnung aufgegeben hatte, strahlte. »Danke, Herr Kommissar! Sie sind wunderbar! Ich weiß gar nicht, wie ich Ihnen danken soll.« Sie war so froh, dass sie kurz davor war, dem Kommissar um den Hals zu fallen.
Als ob er es zu merken schien, brummelte er: »Keine Ursache. Und jetzt raus mit euch, ich muss dringend weiterarbeiten.«
»Sie rufen uns an, wenn Sie so weit sind?«, hakte Kim nach.
Der Kommissar nickte. »Natürlich. Ihr könnt euch auf mich verlassen.«
»Meine Handynummer haben Sie ja«, fügte Marie zur Sicherheit hinzu. »Und Sie können jederzeit anrufen – Tag und Nacht!«

Kommissar Peters lächelte leicht gequält. »Ich hab schon verstanden. Jetzt müsst ihr aber wirklich gehen.«
Das taten die drei !!! dann auch. Triumphierend standen sie auf und verließen freudestrahlend das Büro. Kaum war die Tür hinter ihnen zu, jubelten sie los und umarmten sich mitten auf dem Flur vor den verdutzten Gesichtern zweier Polizisten, die eben vorbeiliefen.
»Jetzt wird alles gut«, versicherte Franzi. »Du wirst sehen.«
»Hoffentlich«, sagte Marie. Der erste Schritt war geschafft, aber sie ahnte, dass noch viele weitere und schmerzlichere Schritte auf sie zukommen würden.

Kommissar Peters spannte sie ziemlich auf die Folter. Das ganze Wochenende hörten sie nichts von ihm. Marie hatte ihr Handy ständig eingeschaltet und legte es nachts sogar unter ihr Kopfkissen, um seinen Anruf nicht zu verpassen.
Es klingelte am Montag, als Marie gerade vom Lauftraining kam, unter der Dusche stand und sich von Kopf bis Fuß mit Duschbad eingeseift hatte. Tropfnass und voller Schaum sprang sie aus der Dusche und stürzte zum Handy, das sie auf dem Waschbecken abgelegt hatte.
»Hier Marie Grevenbroich?«
»Du bist ja ganz außer Atem«, sagte Kommissar Peters. »Geht's dir gut?«
»Ja, alles in Ordnung«, versicherte Marie, ohne sich darum zu kümmern, dass sich auf den Fliesen des Badezimmers eine Pfütze aus Wasser und Schaum bildete.
»Also«, sagte der Kommissar. »Ich habe die Akte gefunden und sie mir angesehen. Es scheint ...«

»Was steht drin?«, unterbrach ihn Marie aufgeregt. »Gab es doch irgendwelche Zeugen?«
»Einen Zeugen gab es tatsächlich«, antwortete Kommissar Peters. »Einen gewissen Manfred Friedham. Er kam aus der Gegenrichtung und hat den Unfall aus einiger Entfernung gesehen. Er hat nur beobachtet, dass alles sehr schnell ging und deine Mutter den Wagen offensichtlich nicht mehr unter Kontrolle hatte.«
Marie musste sich auf den heruntergeklappten Klodeckel setzen, weil ihr schwindelig wurde. So plötzlich von jemandem zu hören, der damals den Unfall erlebt hatte, war ganz schön heftig.
»Und …«, suchte sie nach Worten, »und … wo wohnt dieser Mann? Haben Sie seine Adresse?«
Kommissar Peters zögerte. »Hier steht eine, aber ich habe keine Ahnung, ob er dort heute noch wohnt. Außerdem halte ich es für keine gute Idee, wenn ihr ihn besucht. Nach all den Jahren kann er sich bestimmt nicht mehr erinnern, und ihr würdet ihn vielleicht nur unnötig aufregen.«
»Bitte!«, sagte Marie. »Geben Sie mir seine Adresse! Ich verspreche Ihnen auch, dass wir ihn nicht lange belästigen werden.«
Der Kommissar brummelte etwas von »Datenschutz«, »darf ich eigentlich wirklich nicht rausgeben« und »ihr verlangt Sachen von mir! Das kann mich Kopf und Kragen kosten«, bis er schließlich doch mit der Adresse herausrückte. »Aber ihr dürft sie niemandem sonst weitergeben, das musst du mir versprechen!«
»Ehrenwort!«, sagte Marie, während sie den Straßenna-

men schnell mit Lippenstift auf den Badezimmerspiegel schrieb.
»Na gut«, sagte Kommissar Peters.
Marie seufzte erleichtert auf. »Und, gab es sonst noch neue Hinweise in der Akte?«
Durch das Handy hörte sie, wie der Kommissar mit Papieren raschelte. »Ja, hier steht, dass der Unfallwagen komplett ausgebrannt ist, deshalb konnte die Spurensicherung leider nicht feststellen, was mit den Bremsen los war, ob sie von selbst versagt haben oder ob …«, er stockte.
»… oder ob jemand sie manipuliert hat«, flüsterte Marie, und eine Gänsehaut lief ihr über den Rücken. Warum jemand etwas so Gemeines hätte tun können, konnte und wollte sie sich einfach nicht vorstellen.
»Richtig«, sagte Kommissar Peters. »Mehr steht aber nicht drin in der Akte. Marie, ich habe irgendwie kein gutes Gefühl bei der ganzen Sache! Überleg dir bitte ganz genau, ob du wirklich die Vergangenheit noch mal aufwühlen willst. Dadurch kannst du sie nicht ändern.«
Marie schluckte. »Ich weiß!«
»Und bitte unternehmt nichts Gefährliches«, sagte Kommissar Peters. »Ich werde öfter mal nachfragen, und wenn ich den Eindruck habe, dass ihr mit eurem Detektivinnenclub zu weit geht, muss ich einschreiten und deinen Vater informieren. Ist dir das klar?«
»Ist klar«, sagte Marie, die keine Lust auf die üblichen Warnungen des Kommissars hatte. Und bevor er noch länger den strengen Erwachsenen herauskehren konnte, verabschiedete sie sich lieber schnell. »Tausend Dank! Sie haben mir

wirklich sehr geholfen, das werde ich Ihnen nie vergessen. Aber jetzt muss ich auflegen, mein Vater ruft nach mir.« Dass Herr Grevenbroich in Wirklichkeit zwanzig Kilometer entfernt auf einem Außendreh war, konnte der Kommissar ja schließlich nicht wissen.

»Gut«, sagte er. »Aber bitte passt auf, ja? Ich melde mich wieder.« Es klackte in der Leitung, er hatte aufgelegt.

Marie stieß einen tiefen Seufzer aus und tippte sofort eine SMS in ihr Handy, die sie zweimal verschickte: an Kim und an Franzi.

Müssen uns dringend treffen! Es gibt Neuigkeiten. Clubtreffen bei mir in einer Stunde?
Bitte meldet euch!
Marie

Zum Glück simsten Kim und Franzi gleich zurück, und beide hatten Zeit. Erst jetzt merkte Marie, dass ihr total kalt war und sie am ganzen Körper zitterte. Kein Wunder, sie stand ja auch schon zehn Minuten nackt im Badezimmer herum. Schnell sprang sie wieder unter die Dusche und drehte das warme Wasser voll auf.

Detektivtagebuch von Kim Jülich
Montag, 17:32 Uhr
Das war mit Abstand das aufwühlendste Clubtreffen, das ich je erlebt habe! Alle Fälle, die wir bisher bearbeitet haben, waren harmloser Kinderkram dagegen. Jetzt geht es um Maries Mutter und um die schreckliche, eigentlich undenkbare Möglichkeit, dass

hinter dem Unfall ein Verbrechen stecken könnte. Allein wenn ich nur daran denke, wird mir schon schlecht. Aber ich muss trotzdem einen klaren Kopf bewahren, schon Marie zuliebe.
Also, ich versuche, die Fakten und unsere daraus resultierenden Schlussfolgerungen so klar wie möglich aufzulisten.

1. *Der Unfallwagen ist komplett ausgebrannt, Untersuchungen an den Bremsen waren deshalb nicht möglich.*
2. *Es gibt drei Möglichkeiten, was die Bremsen betrifft:*
   a) Sie haben von selbst versagt und sind plötzlich einfach ausgefallen.
   b) Jemand hat sie absichtlich manipuliert, jemand, der Maries Mutter entweder einen Schrecken einjagen oder sie – ich traue mich fast nicht, es hinzuschreiben – umbringen wollte.
   c) Maries Mutter hat die Bremsen selbst manipuliert, weil sie nicht mehr leben wollte, was fast noch schlimmer als b) wäre und wir uns alle drei nicht vorstellen können.
3. *Es gibt einen Zeugen, der den Unfall beobachtet hat. Sein Name ist Manfred Friedham, und er wohnt (hoffentlich auch heute noch) im Herdweg 11. Leider hat der Zeuge nur gesehen, dass der Unfall sehr schnell passierte und Maries Mutter den Wagen nicht mehr unter Kontrolle hatte.*

Die nächsten Schritte der drei !!!:

* *Wir müssen als Erstes Manfred Friedhams Adresse überprüfen, ihn aufsuchen und befragen. Vielleicht erinnert er sich ja doch noch an ein wichtiges Detail, das er damals der Polizei nicht genannt hat.*
* *Wir müssen zweitens uns so bald wie möglich Klarheit über 2c) verschaffen. Dazu brauchen wir mehr Informationen*

über Maries Mutter: Was war sie wirklich für ein Mensch? Was waren ihre Stärken, ihre Schwächen? Hatte sie Feinde? Und so weiter …

Da Herr Grevenbroich leider als Quelle ausfällt, müssen wir uns an die einzige noch lebende Verwandte wenden, die Marie eingefallen ist: Tante Florentine, die Schwester von Maries Mutter.
Hoffentlich kommt bald Licht ins Dunkel dieses Falls! Ich würde es Marie so wünschen. Sie tut mir unendlich leid. Am liebsten würde ich ja ihre Mutter wieder lebendig machen, aber das geht natürlich nicht. Kein Zauber aus dem tollsten Hexenbuch könnte das bewirken!

Schock im Blumenladen

Am nächsten Tag in der Schule konnte sich Marie überhaupt nicht konzentrieren, obwohl sie gleich zwei ihrer Lieblingsfächer hintereinander hatte: Kunst und Deutsch. Aber sosehr sie sich auch bemühte, dauernd schweiften ihre Gedanken ab: Würden sie den Zeugen finden? Was würde er ihnen sagen? Und was würde Tante Florentine erzählen?
Sie konnte es kaum erwarten, die Ermittlungen voranzutreiben, und gleichzeitig hatte sie Angst davor. Was würde sie alles erfahren? Schlimme Dinge? Dinge, die sie lieber gar nicht hätte wissen wollen?
Die Schulglocke zum Schluss der letzten Stunde war wie eine Erlösung. Schnell packte Marie ihre Sachen zusammen und lief aus dem Klassenzimmer. Auf der Straße kamen ihr lauter fröhliche Menschen entgegen und jede Menge verliebte Paare. Plötzlich spürte sie einen Stich in ihrer Brust. Der mysteriöse Unfall ihrer Mutter war schon heftig genug, aber warum meldete sich Holger immer noch nicht? Sie vermisste ihn so sehr und hätte seinen Trost gebraucht, gerade jetzt. Traurig holte sie ihr Handy aus der Hosentasche und sah sich noch mal die letzte SMS an, die sie ihm vor einem Monat geschrieben hatte.

Lieber Holger!
Die Zeit mit dir war total schön. Tausend Dank!
Deine Marie

Warum antwortete er darauf nicht? Sollte sie ihm eine zweite SMS schreiben und nachhaken, was los war? Dann würde er womöglich denken, dass sie klammerte. Und außerdem war er dran, sie hatte schließlich auch ihren Stolz!

Fünf Minuten später kam Marie an einem Blumenladen vorbei, der bereits mit großen roten Pappherzen und Rosen für den Valentinstag dekoriert war, und ihr eben erst mühsam aufgebauter Stolz geriet sofort wieder ins Wanken. Was wäre, wenn sie Holger zum Valentinstag eine Rose schicken würde und dazu eine romantische Karte mit einer Liebeserklärung? Dazu war der Valentinstag doch da, um Menschen, die sich liebten, wieder zusammenzuführen! Holger konnte ja auch nichts dafür, dass sie so weit weg voneinander wohnten und sich erst mal nicht sehen konnten. Und vielleicht hatte er ja einen Grund, warum er ihr nicht schrieb? Vielleicht war er mit der Schule auf Klassenfahrt oder krank und einfach zu schwach, um sein Handy in die Hand zu nehmen?

Marie überlegte nur eine Sekunde, dann wusste sie, was sie tun musste. Sie warf ihren blöden Stolz in die nächste Mülltonne und steuerte auf die Tür des Blumenladens zu. Doch gerade als sie die Hand nach der Klinke ausstrecken wollte, sah sie plötzlich ihren Vater im Laden und zögerte. Was machte der denn hier?

Er stand vor drei Blumenkübeln, in denen Rosen, Nelken und Gerbera arrangiert waren, und unterhielt sich mit der Verkäuferin, einer attraktiven Frau mit schulterlangen schwarzen Haaren und großen blauen Augen. Aber das war kein normales Verkaufsgespräch! Irgendetwas stimmte nicht.

Marie brauchte eine Weile, bis sie es begriff. So fröhlich und charmant hatte sie ihren Vater schon lange nicht mehr erlebt. Er sprühte vor guter Laune, strahlte die Verkäuferin mit seinem schönsten Lächeln an und redete leidenschaftlich auf sie ein. Und was tat die Verkäuferin? Sie lächelte zurück und hing völlig verzückt an seinen Lippen. Als er eine kurze Pause machte, lachte sie plötzlich und sah ihn bewundernd an. Herr Grevenbroich schien seine Wirkung voll zu genießen und redete sofort weiter. Und wieder hing die Verkäuferin an seinen Lippen. Nein, das war kein normales Verkaufsgespräch, das war nichts anderes als ein offensiver, schamloser, heftiger Flirt!
Marie vergaß alles, woran sie gerade noch gedacht hatte: Sie vergaß Holger und die Valentins-Überraschung, sie vergaß sogar für einen Augenblick ihre Mutter und den Unfall. Sie dachte nur noch eins: Bitte, das darf jetzt nicht wahr sein! Hat Papa etwa eine neue Freundin?
Auf einmal hatte sie einen Schleier vor den Augen und konnte fast nichts mehr sehen. Trotzdem machte sie auf dem Absatz kehrt und rannte, so schnell sie konnte, davon. Keine Sekunde länger hielt sie es aus, mit anzusehen, wie ihr Vater alles zerstörte.
Wie konnte er ihr das antun? Und vor allem: Wie konnte er Mama das antun? Hatte er sie völlig vergessen? Er hatte doch immer davon gesprochen, dass es in seinem Leben nie wieder eine Frau geben würde, die er so lieben würde wie seine verstorbene Frau. Galt das jetzt alles auf einmal nicht mehr? Was war passiert?
Marie bekam Seitenstechen und musste stehen bleiben. Keu-

chend stützte sie ihre Hände in die Hüften und starrte in das Schaufenster eines Fotoladens. Da kam ihr auf einmal ein furchtbarer Verdacht: War ihr Vater etwa schon länger mit der Verkäuferin zusammen? So, wie sie sich gerade verhalten hatten, schienen sie ja sehr vertraut miteinander zu sein, als würden sie sich schon lange kennen. Hatte er die ganze Zeit Geheimnisse vor ihr? Wollte er neulich Marie schonend auf seine neue Freundin vorbereiten, als er ihr sagte, sie solle in der Gegenwart leben? Maries Knie fingen an zu schwanken. Sie musste sich an der Hauswand festhalten, um nicht umzukippen. Plötzlich hatte sie solche Angst: Angst, ihren Vater für immer zu verlieren.

Marie schloss die Augen. Wenn ihr Vater wirklich eine Freundin hatte, dann wäre sie ja noch mehr allein als bisher. Wie sollte sie das bloß aushalten? Marie war so verzweifelt, dass sie nicht mehr weiterwusste.

»Entschuldigung«, sagte ein junger Mann, der aus dem Fotoladen kam und sein Handy am Ohr hatte. »Kann ich mal vorbei?«

Wortlos rückte Marie ein Stück zur Seite, da fiel ihr ein, dass ihr Vater sie zwar im Stich gelassen und verraten hatte, aber dass sie doch nicht ganz alleine war. Es gab ja noch Franzi und Kim! Marie zögerte kurz, und dann wusste sie, wen sie anrufen würde: Kim. Sie hatte immer so eine beruhigende Art, wenn es jemandem schlecht ging. Sie gab nicht tausend schlaue Tipps, sondern hörte einfach nur zu.

Wie eine Ertrinkende suchte Marie ihr Handy und wählte die eingespeicherte Nummer.

»Hier Jülich«, meldete sich Kims Mutter.

»Hallo … hier ist Marie«, brachte Marie mit letzter Kraft heraus. »Ist Kim da?«
»Nein«, sagte Frau Jülich. »Ich dachte, du wüsstest es. Sie hat doch heute ihren ersten Termin für die Foto-Lovestory. Hat sie dir das nicht erzählt?«
Marie hätte am liebsten laut aufgestöhnt, aber sie konnte sich gerade noch zusammenreißen. »Doch, klar hat sie das erzählt«, antwortete sie.
»Soll ich ihr irgendwas ausrichten?«, fragte Frau Jülich.
Marie nickte, obwohl Kims Mutter das natürlich nicht sehen konnte. »Ja, bitte. Richten Sie ihr aus, sie soll mich zurückrufen, sobald sie wieder zu Hause ist.«
»Mach ich«, sagte Frau Jülich. »Dir noch einen schönen Tag, Marie. Bis bald mal!«
»Bis bald«, murmelte Marie und ließ ihr Handy zurück in die Tasche gleiten.
Kims Fototermin hatte sie völlig vergessen. Dabei war das der Grund gewesen, warum sie die Recherche der Zeugenadresse auf den nächsten Tag verschoben hatten. Außerdem hatte Kim dauernd davon gesprochen, wie schrecklich aufgeregt sie sei und wie froh, dass Franzi sie begleiten würde.
Also war Marie doch alleine, zumindest im Moment. Wie sollte sie bloß die nächsten Stunden bis zu Kims Anruf überstehen?

Es war der perfekte Tag für ein Fotoshooting im Freien. Am Morgen hatte es angefangen zu schneien, und jetzt, am frühen Nachmittag, lag eine dünne Schicht Glitzerschnee auf den Bäumen und Büschen im Jakobipark. Ein paar unerschrockene Enten, denen der Frost nichts ausmachte, schwammen elegant auf dem Teich hin und her. Ansonsten war nur ein einsamer Spaziergänger mit seinem Hund unterwegs, und als er um die Ecke verschwand, wirkte der Park endgültig wie ein verwunschener Märchentraum.

Alles war perfekt – bis auf Robin. Kim wäre am liebsten sofort wieder umgedreht, als sie zum verabredeten Treffpunkt kam und er ihr schon von Weitem zuwinkte.

»Bleib locker«, sagte Franzi. »Alles wird gut.«

Da war sich Kim nicht so sicher. Seit drei Stunden hatte sie eiskalte, feuchte Hände, konnte nichts mehr essen und trinken und war das reinste Nervenbündel. Franzi ging es übrigens ähnlich, aber aus einem ganz anderen Grund: Sie traf sich nach dem Shooting noch mit Benni im Hallenbad zum Schwimmen. Trotzdem hätte Kim liebend gern mit ihrer Freundin getauscht.

»Du musst gar nicht viel tun«, redete Franzi beruhigend auf sie ein. »Tu einfach das, was dir der Fotograf sagt. Dann kann nichts schiefgehen.«

»Klar«, sagte Kim, während sie daran dachte, was doch alles schiefgehen könnte. Bestimmt würde sie sich wieder total dämlich anstellen und selbst so einfache Dinge nicht auf die Reihe kriegen wie nett in die Kamera lächeln oder den Kopf nach links drehen. Für Marie wäre das natürlich ein Kinderspiel, aber leider war sie nicht hier, sonst hätte sie ihr sofort den Part abgegeben.

Meter um Meter, mit jedem Schritt, den sie machte, rollte die Katastrophe, deren Name mit »R« begann und mit »n« aufhörte, auf Kim zu. Verzweifelt sah sie sich um, ob das

Fotografen-Team schon da war, aber leider war von ihm weit und breit nichts zu sehen. Auch von Desirée keine Spur. Kim warf einen verstohlenen Blick auf ihre Armbanduhr. Erst Viertel vor drei! Vor lauter Aufregung hatte sie Franzi beim Aufbruch gedrängt und sie waren viel zu früh losgegangen. Das hatte sie jetzt davon. Jetzt durfte sie auch noch mit Robin Small Talk machen!
»Hi«, begrüßte er sie mit einem breiten Grinsen und zeigte wieder seine großen Schneidezähne.
»Hallo!«, murmelte Kim, und Franzi nickte nur.
Robin sah interessiert zwischen ihnen hin und her. Dann wandte er sich an Franzi. »Du bist auch in diesem Detektivinnenclub, stimmt's? Ich hab dich schon mal in der Zeitung gesehen. Ihr seid ja inzwischen richtig berühmt, was? Und? Wie ist das so? Könnt ihr noch unerkannt auf der Straße herumlaufen, oder verfolgen euch schon die Paparazzi?«
Kim biss sich auf die Lippen und suchte verzweifelt nach einer möglichst coolen Antwort, die ihr natürlich nicht einfiel.
Zum Glück sprang Franzi für sie ein. »Ja, das ist wirklich gar nicht so leicht. Ohne Bodyguards wären wir echt aufgeschmissen. Die stehen übrigens hier hinter den Büschen und passen genau auf, dass uns Mädchen nichts passiert und uns keiner blöd anmacht – wie du zum Beispiel.«
Robin riss die Augen auf. »Was? Ihr habt Bodyguards?«
Franzi nickte völlig ernst, als ob das die selbstverständlichste Sache der Welt wäre. Aber Kim schaffte es leider nicht, ihr Pokerface zu bewahren, und wurde prompt rot.
»Ha!«, rief Robin und lachte leicht nervös. »Netter Versuch.

Ich hab natürlich sofort gemerkt, dass ihr mich reinlegen wollt. Apropos Mädchen: Da fällt mir übrigens ein Witz ein. Kennt ihr den schon? Warum können Mädchen nicht Ski fahren?« Erwartungsvoll sah er sie an und wartete doch glatt auf eine Antwort.

Kim und Franzi dachten natürlich nicht daran zu antworten und schwiegen hartnäckig.

Schließlich hielt er die Spannung nicht mehr aus und platzte mit der Pointe heraus: »Weil es in der Küche nicht schneit! Hahaha, ist der nicht wahnsinnig lustig?«

»Wahnsinnig«, sagte Franzi, griff Kim am Arm und zog sie hinüber zum Ententeich.

»Wartet!«, rief Robin ihnen nach. »Ich hab noch einen Witz, den müsst ihr unbedingt hören!«

»Kein Bedarf«, sagte Kim und warf Robin einen vernichtenden Blick zu. Zu schade, dachte sie dabei, dass Blicke nicht töten können.

»Hallo! Da seid ihr ja schon«, rief plötzlich Desirée.

Kim hatte gar nicht gemerkt, dass sie zusammen mit dem Fotografen, zwei Assistenten und einer jungen Frau näher gekommen war. Vor lauter Freude, dass die Casting-Agentin sie von Robins Witzattacken erlöste, wäre sie ihr am liebsten um den Hals gefallen.

»Wir können gleich anfangen«, sagte Desirée. »Sandra, unsere Stylistin, pudert nur noch kurz eure Gesichter ab und macht euch hübsch.«

Während der Fotograf und seine beiden Foto-Assistenten ihr umfangreiches Equipment auspackten, mussten sich Kim und Robin nebeneinander auf eine Bank setzen. Kim rückte so weit wie möglich weg von Robin an den äußersten Rand der Bank. Zum Glück schminkte Sandra sie als Erste. Nachdem sie ein paar Minuten geduldig stillgehalten hatte und Sandra »Fertig!« rief, stand sie sofort auf und lief hinüber zum Fotografen.

Der hatte inzwischen seine riesige Kamera auf ein Stativ gestellt und fummelte am Auslöser herum. Ein Assistent hatte einen Scheinwerfer aufgebaut, und der andere hielt eine große, runde weiße Scheibe in der Hand. Um sich abzulenken, fragte Kim, was er mit der weißen Scheibe vorhätte.

»Damit werden wir den Teil von deinem Gesicht ausleuchten, wo sonst kein Licht hinkäme«, erklärte der Assistent.

»Ach so«, sagte Kim und dachte voller Schrecken daran, dass dann ja jeder kleine Pickel auf ihrem Gesicht zu sehen sein würde.

Da kamen auch schon Desirée und Robin, und Franzi ging mit Kims Digitalkamera in Position. Sie wollte ein paar extra Schnappschüsse machen, die Kim sich dann gleich zu Hause am Computer ansehen konnte.

»So«, sagte Desirée. »Kann's losgehen? Prima! Es ist kalt heute, also werden wir uns beeilen. Ich erzähle euch noch mal kurz, was wir heute fotografieren. Es ist die vorletzte Szene der Foto-Lovestory. Du und Robin, ihr habt etliche Missverständnisse hinter euch. Eine Freundin von Kim wollte ihr Robin sogar ausspannen, aber jetzt, bei einem Spaziergang im Park, sprecht ihr euch endlich aus und entdeckt, dass ihr beide total ineinander verliebt seid. Ihr seid am Anfang also noch sehr unglücklich, während ihr euch unterhaltet, verlegen und befangen. Nach und nach taut ihr dann auf, und am Ende freut ihr euch richtig doll. So weit klar?«

Kim nickte. Das war ja gar nicht so schwer, zumal sie die Handlung der Foto-Lovestory bereits daheim einige Male durchgelesen hatte.

Franzi streckte den linken Daumen nach oben und zischte ihr zu: »Viel Glück!«

»Danke«, sagte Kim und fühlte sich schon viel besser.

Doch dann wurde es ernst. Als der Fotograf sein Objektiv ausfuhr und die Kamera auf sie gerichtet war, kam das Lampenfieber sofort wieder zurück, und ihre Knie wurden butterweich.

»Geht bitte langsam los«, sagte Desirée, »aber haltet Abstand voneinander. Noch sind die Missverständnisse nicht geklärt.«

Die Anweisung fiel Kim nicht schwer. Sie versuchte den Fotografen und die Assistenten zu ignorieren und konzentrierte sich auf die Szene. Sie sollte mit Robin spazieren gehen, also gut. Er ging neben ihr, aber gleichzeitig war er weit weg. Kim machte ein möglichst unglückliches Gesicht, runzelte ab und zu die Stirn oder biss sich auf die Lippen.

»Ja, sehr schön!«, sagte der Fotograf. »Weiter so!«

Alles lief super, bis Robin ihr plötzlich zuraunte: »Soll ich dir doch den zweiten Witz erzählen?«

»Bloß nicht!«, zischte Kim zurück.

»Und jetzt bitte freundlicher!«, rief Desirée. »Noch freundlicher, lächeln!«

Es fiel Kim unglaublich schwer zu lächeln. Ihre Mundwinkel wollten einfach nicht auseinandergehen. Irgendwie schaffte sie es schließlich doch, indem sie ganz fest an Michi dachte.

»Ja, super!«, lobte der Fotograf. »So ist es schön. Lacht euch an. Seht euch verliebt in die Augen.«

Robin zwinkerte ihr mit seinen großen Kuhaugen zu und rückte ihr auf die Pelle. Kim hätte ihm am liebsten eine Ohrfeige verpasst.

»Sehr schön, sehr schön!«, sagte der Fotograf. »Das klappt ja super. Da machen wir doch gleich weiter. Los, küsst euch!«

Kim wäre beinahe in Ohnmacht gefallen. Sie sollte Robin küssen? Jetzt, hier? Gleich am ersten Tag? Das war doch gar nicht so vorgesehen! Nein, niemals!

Doch bevor sie protestieren konnte, kam Robins grinsendes Gesicht auch schon direkt auf sie zu. Sie versuchte auszuweichen, aber er nahm ihren Kopf fest in seine großen Hände, und dann drückte er ihr einen dicken, feuchten Schlabberkuss mitten auf den Mund.

»Und weiterküssen! Und halten, nicht aufhören!«, sagte der Fotograf.

Robin presste seine ekligen Lippen noch fester auf Kims Mund. Das war zu viel. Mit all ihrer Kraft riss sie sich von Robin los und wischte sich angeekelt mit der Hand über den Mund.

Desirée lächelte. »Das war absolut perfekt! Hab ich nicht gleich gesagt, ihr werdet ein wunderbares Paar sein?«

Flirt im Schwimmbad

»Wer schneller am Ende der Bahn ist!«, rief Franzi, ging in die Knie und grinste Benni zu, der auf dem Startblock neben ihr stand.

»Okay«, sagte er.

Gleichzeitig sprangen sie kopfüber ins Wasser. Sobald Franzi auftauchte, kraulte sie los wie ein Weltmeister und ließ Benni hinter sich zurück. Sie fühlte sich jung und stark und genoss es, dass ihr Körper genau so reagierte, wie sie es wollte.

Doch in der Mitte der Bahn holte Benni auf. Franzi hörte, wie seine kräftigen Arme das Wasser durchpflügten, und als er neben ihr auftauchte mit seinem lachenden, wunderschönen Gesicht, kam sie kurz aus dem Takt. Die Gelegenheit nutzte Benni sofort aus und kraulte lässig an ihr vorbei. Vergeblich versuchte Franzi, ihn noch auf den letzten Metern einzuholen, sie hatte keine Chance. Triumphierend streckte er die Hand nach dem Beckenrand aus und drehte sich zu ihr um.

»Erster!«

Prustend kam Franzi drei Sekunden später ins Ziel. »Okay, okay, du bist Erster, aber ein Mal sagt noch gar nichts aus. Das müssen wir noch mal machen. Wetten, dann gewinne ich?«

Benni hielt ihr die Hand hin. »Gut, wetten wir. Und was bekommt der Gewinner?«

»Ein Eis«, schlug Franzi vor.

Benni nickte. »Abgemacht.« Dann zog er sich elegant am

Beckenrand hoch und schüttelte seine nassen blonden Locken. Glitzernde Wassertropfen rannen über seine kräftigen Schultern, die breite Brust hinunter bis zu seinem Bauchnabel. Franzi konnte sich gar nicht sattsehen an seinem perfekten Körper.

»Worauf wartest du denn noch?«, fragte er und lächelte.

Franzi riss sich zusammen und sagte schnell: »Komm schon!«

Plötzlich fühlte sie sich überhaupt nicht mehr stark. Ihre Arme waren weich wie Gummi und zitterten, und nur mit Müh und Not schaffte sie es, sich aus dem Wasser zu ziehen, was natürlich überhaupt nicht elegant aussah. Zum Glück war Benni schon vorausgegangen. Franzi folgte ihm und starrte fasziniert auf seinen federnden, dynamischen Gang. Seine Bewegungen waren fließend und schön, während sie selbst wie ein blindes Huhn hinter ihm herstolperte.

Als sie dann auf den Startblock kletterte, schenkte Benni ihr wieder ein unglaublich süßes Lächeln, und da ahnte Franzi, dass sie die Wette verlieren würde. Genauso war es dann auch. Sosehr sie sich auch anstrengte, Benni war ihr von Anfang an weit voraus und konnte seinen Vorsprung locker halten.

»Jetzt musst du mir ein Eis spendieren«, begrüßte er sie, als sie keuchend neben ihm am Beckenrand ankam.

»Gratuliere!«, sagte Franzi. »Ich glaub, ich bin heute doch nicht so gut in Form.«

Benni schüttelte den Kopf. »Quatsch! Du schwimmst super. Außerdem war die Wette ein bisschen unfair, ich bin nämlich im Schwimmverein, schon seit zwei Jahren.«

Franzi warf ihm einen bewundernden Blick zu. Bestimmt war er einer der besten in seiner Trainingsgruppe.
Sie schwammen hinüber zur Treppe, stiegen aus dem Wasser und holten sich ihre Handtücher. Dann liefen sie zum Selbstbedienungs-Café, suchten sich zwei Eis am Stiel aus und setzten sich an einen der hinteren Tische. Zum Glück war nicht viel los am frühen Abend, die meisten Familien waren schon nach Hause gegangen.
»Danke für das Eis!«, sagte Benni. »Das nächste Mal lade ich dich aber ein, versprochen!«
Franzi nickte und konnte schon wieder nicht die Augen von ihm lösen. Wie er so genüsslich an seinem Eis schleckte, fast schon zärtlich.
Plötzlich hörte Benni auf zu schlecken und zeigte zum Fenster. Draußen war ein richtiges Schneetreiben, und dicke Flocken landeten lautlos auf der Scheibe. »Das hört ja gar nicht mehr auf zu schneien. Ich schätze, mit Skaten wird es nichts in den nächsten Tagen. Schade, oder?«
»Ja, schade«, sagte Franzi und vermisste jetzt schon die Zeit mit Benni auf der Skateranlage. Inzwischen hatte sie sich so sehr daran gewöhnt, dass sie es sich gar nicht mehr anders vorstellen konnte.
Benni drehte sich wieder zu ihr um und sah sie mit seinen türkisblauen Augen an. »Meinst du … dass wir … ich meine, dass wir uns … äh …trotzdem weiter treffen können?« Auf einmal war er unsicher und sah noch süßer aus.
Franzi wurde warm ums Herz, obwohl gerade der letzte Rest des kalten Eises ihren Hals hinunterrann. »Natürlich«, murmelte sie.

Dann wusste sie nicht mehr weiter. Plötzlich musste sie an den Liebesbrief denken, den sie vor einigen Monaten von Benni bekommen hatte. Damals hatte er sie gefragt, ob sie gerne mit ihm gehen würde. Er hatte ihr drei Antwort-Möglichkeiten angeboten: »Ja«, »Nein« und »Brauche noch Zeit«. Nach langem Hin und Her hatte sie »Brauche noch Zeit« angekreuzt. Damals war sie ja auch noch unsicher gewesen, ob sie wirklich in ihn verliebt war. Aber heute war das ganz anders. Spätestens seit Benni vor ihr aus dem Wasser gestiegen war, war sie ihm komplett verfallen, mit Haut und Haaren.
»Hab ich was Falsches gesagt?«, riss Benni sie aus ihren Gedanken.
Franzi schüttelte den Kopf. »Nein, gar nicht. Ich hab nur gerade an was gedacht …«
»Verrätst du es mir?«, fragte Benni.
Franzi hätte sich am liebsten auf die Zunge gebissen. Sie konnte ihm doch nicht einfach die Wahrheit sagen, das ging doch nicht!
Aber Benni lächelte so erwartungsvoll, dass sie schließlich alle Vernunft über Bord warf und einfach das tat, was ihr Herz ihr zuflüsterte. »Also, ehrlich gesagt, ich hab an deinen Brief gedacht …«
Jetzt wurde Benni rot und schluckte. Dann sagte er leise: »Echt? Und?«
»Und … also …«, Franzi suchte verzweifelt nach den passenden Worten, »also, heute würde ich dir eine andere Antwort geben.«
Bennis Augen wurden immer größer. »Heißt das, du würdest … Nein sagen?« Seine Stimme zitterte.

Franzis Herz wurde noch wärmer und klopfte ganz schnell. »Nein«, flüsterte sie. »Ich würde Ja sagen.«
Benni sah sie immer noch mit großen Augen an. Er brauchte ein paar Sekunden, bis er ihre Worte glauben konnte. Dann fing er an zu lächeln, und seine Augen lächelten mit. Franzi versank in ihrem tiefen Türkisblau. Eine Glückswelle flutete durch ihren Körper. Da beugte sich Benni zu ihr vor und drückte seine samtweichen Lippen auf ihren Mund. Sie schmeckten nach Himbeereis und Meer und Liebe.
Franzi dachte noch, so viel Glück auf einmal kann es gar nicht geben, das ist alles nur ein Traum, gleich wache ich auf und alles ist vorbei. Aber sie wachte nicht auf, und als ihr das klar wurde, musste sie sofort Bennis Kuss erwidern, einmal und dann noch mal und noch mal und noch mal …

Kim hatte alles getan, was sie tun konnte: Sie hatte sich, sobald sie nach dem Fotoshooting nach Hause gekommen war, ins Bad eingesperrt und dreimal ihr Gesicht mit Seife abgewaschen. Danach hatte sie sich zweimal die Zähne geputzt, so gründlich wie sonst nie, sogar mit Zahnseide und allem Drum und Dran. Es half alles nichts. Sie glaubte den Geschmack von Robins ekligem Kuss trotzdem noch zu schmecken, obwohl das ja eigentlich nicht sein konnte. Es war aber so. Sein Kuss klebte wie ein hartnäckiges Pflaster auf ihrem Mund.
Jetzt gab es nur noch eine Rettung: Schokolade! Kim verließ das Bad und ging hinüber in ihr Zimmer. Dort angelte sie sich aus ihrem Vorrat für Notfälle eine Vollmilchschokolade, riss ungeduldig das Silberpapier auf und steckte sich

einen ganzen Riegel auf einmal in den Mund. Sobald der süße Schmelz sich in ihrem Mund ausbreitete, spürte sie, wie die Glückshormone ausgeschüttet wurden und den ekligen Geschmack betäubten. Schnell nahm sie noch einen zweiten Riegel und einen dritten. Innerhalb kürzester Zeit hatte sie die halbe Tafel aufgefuttert und rieb sich wohlig den Bauch. Endlich ging es ihr besser. Schokolade war einfach das beste Heilmittel auf der ganzen Welt! Seufzend ließ sie sich aufs Sofa fallen und machte die Augen zu, um den Geschmack noch intensiver zu spüren. Da wurde plötzlich die Tür aufgerissen, und ihre Zwillingsbrüder stürmten herein, natürlich ohne vorher anzuklopfen.

»Boah, du hast Schokolade!«, rief Ben.

»Kriegen wir auch was?«, fragte Lukas.

Kim machte die Augen wieder auf und stöhnte. Ihre Brüder schienen eine innere Uhr zu haben: Immer wenn es ihr am wenigsten passte, tauchten sie auf und nervten.

»Nein«, sagte Kim und wickelte schnell den Rest der Tafel wieder ein. »Das ist meine Schokolade, die brauche ich als Nervennahrung für meinen Detektivinnenclub.«

Ben und Lukas machten lange Gesichter.

»Immer willst du alles für dich alleine haben«, beschwerte sich Ben. »Deinen Detektivinnenclub, die Schokolade und deinen Computer.«

»Genau«, sagte Lukas. »Das ist total ungerecht. Dürfen wir dann wenigstens kurz an deinen Computer?«

Kim schüttelte den Kopf. »Kommt überhaupt nicht infrage! Ihr ladet mir nur wieder einen Virus drauf mit euren Computerspielen.«

»Och, bitte!«, bettelte Lukas, und Ben klimperte mit seinen langen Wimpern.
Aber Kim ließ sich nicht weichklopfen. »Wann begreift ihr eigentlich endlich, dass der Computer für euch tabu ist? Das ist meiner, Schluss, aus, Ende!«
»Schluss, aus, Ende!«, äffte Ben sie nach, und Lukas streckte ihr die Zunge raus.
Kim drohte ihren Brüdern mit der Schokoladentafel, aber es beeindruckte sie nicht wirklich. Sie musste aufstehen und sie energisch aus dem Zimmer schieben, sonst hätten sie morgen früh immer noch wie Kletten an ihr geklebt.
»Das sagen wir Mama!«, rief Ben, schon mit einem Fuß auf dem Flur.
»Ja, das machen wir!«, bekräftigte Lukas. »Wir sagen ihr, wie gemein du zu uns warst.«
Kim verzog nur leicht die Mundwinkel. »Kein Problem, petzt ruhig, wenn es euch danach besser geht.«
Ein letztes Mal maulten die Zwillinge, dann hatte Kim sie endlich beide aus ihrem Zimmer hinausbefördert und sperrte die Tür hinter ihnen zu. Zum hundertsten Mal in ihrem Leben fragte sie sich, warum ausgerechnet sie mit dieser Plage geschlagen sein musste.
Wenigstens hatte sie jetzt wieder ihre Ruhe. Und einen Vorteil hatte die Störung ihrer Brüder doch gehabt: Für ein paar Minuten hatte sie doch glatt Robins Kuss vergessen, und der süße Geschmack der Schokolade lag immer noch auf ihrer Zunge. Doch da fiel ihr Blick auf den Schreibtisch. Neben ihrem Computer lag Franzis Speicherchip mit den Aufnahmen vom Fotoshooting. Eigentlich wollte sie ja heute kei-

nen einzigen Gedanken mehr an Robin verschwenden, aber schließlich siegte doch ihre Neugier. Wie die Fotos wohl geworden waren?

Aufgeregt startete sie den Computer und lud die Fotodateien herunter. Dann kam der Augenblick der Wahrheit. Die ersten Fotos waren gar nicht so schlimm. Franzi hatte Robin weggeblendet und nur Kim fokussiert, wie sie neben Robin herging. Und sie sah gar nicht so übel aus! Die Stylistin hatte sie so gut geschminkt, dass kein einziger Pickel zu erkennen war. Amüsiert verfolgte Kim, wie sich ihr Gesichtsausdruck von Foto zu Foto aufhellte, bis sie schließlich glücklich in die Kamera strahlte. Das musste der Augenblick gewesen sein, als sie an Michi gedacht hatte. Vielleicht sollte sie ihm dieses Bild ja mal schicken mit einem kleinen Gruß dazu? Während sie noch darüber nachdachte, ob sie sich das wirklich trauen sollte, stieß sie auf das nächste Foto und erstarrte. Franzi hatte das Motiv mit der Digicam ganz nah herangezoomt: der Kuss zwischen ihr und Robin in Großaufnahme! Aber das Schrecklichste daran war, dass man als Betrachter überhaupt nicht merkte, wie sehr sie sich geekelt hatte! Auf dem Foto hatte sie die Augen geschlossen und wirkte so, als würde es ihr nichts ausmachen, dass Robin sie küsste, im Gegenteil, als würde sie es sogar genießen!

Kim wurde abwechselnd heiß und kalt. Michi durfte dieses Foto niemals sehen, das wäre die absolute Katastrophe! Schon hatte sie den Finger auf der Maus und wollte das Foto sofort löschen, und zwar endgültig. Im letzten Moment zögerte sie. Es war ein schreckliches Foto, aber andererseits war

es so gut gemacht, dass es ihr plötzlich leidtat, es zu vernichten. Immerhin war der Schnappschuss ein Beweis, dass sie sich als Fotomodell doch nicht so blöd anstellte, wie sie immer befürchtet hatte. Höchstwahrscheinlich würde sie auf den Aufnahmen des Profifotografen sogar noch besser aussehen.
Was sollte sie tun? Minutenlang schwankte sie hin und her, dann entschied sie sich für einen Kompromiss: Sie schob die Datei in einen Ordner, den sie mit »Diverses« überschrieben hatte. Dort speicherte sie Fotos ab, die nur zweite Wahl waren, die sie aber trotzdem zu schade fand, um sie ganz wegzuwerfen. Als sie die Datei wieder schloss, schloss sie auch das Kapitel Robin für den Rest des Tages. Es gab schließlich jede Menge andere Menschen in ihrem Leben, die ihr tausendmal wichtiger waren als er.
Kaum hatte sie den Computer heruntergefahren, fiel ihr plötzlich siedend heiß ein, dass ihre Mutter vorhin erzählt hatte, dass Marie angerufen hatte. Vor lauter Aufregung hatte sie total vergessen, sie zurückzurufen, aber das würde sie jetzt sofort nachholen. Die arme Marie! Wie es ihr wohl inzwischen ging?
»Hallo, Marie!«, sprudelte sie los, sobald ihre Freundin den Hörer abgehoben und sich gemeldet hatte. »Tut mir leid, dass ich mich nicht früher gemeldet habe, aber …«
Weiter kam sie nicht, da schluchzte Marie auch schon los. Es klang so verzweifelt, dass es Kim fast das Herz zerriss. Sie wartete, bis Marie kurz aufhörte zu weinen, um sich zu schnäuzen, dann fragte sie: »Mensch, was ist los? Kann ich dir irgendwie helfen?«

»Mir kann keiner helfen«, sagte Marie mit erstickter Stimme.
»Vielleicht doch«, sagte Kim. »Jetzt erzähl doch erst mal, was passiert ist.«
Von vielen Schluchzern unterbrochen, berichtete Marie, wie sie ihren Vater zusammen mit der Floristin gesehen hatte. »Die beiden haben hemmungslos geflirtet!«, sagte sie am Schluss.
Kim war selber so geschockt, dass sie nicht wusste, wie sie reagieren sollte. »Das ist … das ist wirklich schlimm«, brachte sie endlich heraus. »Er hätte es dir erzählen müssen. Aber einfach hinter deinem Rücken mit einer Frau was anzufangen, das ist echt das Letzte.«
Marie schnäuzte sich wieder. »Ja, genau! Ich hab so eine Wut auf ihn. Erst verheimlicht er mir, was damals bei dem Unfall wirklich passiert ist, und dann macht er so was.«
»Du musst dich jetzt ablenken«, sagte Kim. »Soll ich nach dem Abendessen bei dir vorbeikommen?«
»Nein«, sagte Marie. »Lieb von dir, aber das brauchst du nicht. Du könntest was anderes für mich tun: Könntest du schon mal recherchieren, ob die Adresse unseres Zeugen noch stimmt? Ich hätte es heute selber gemacht, aber im Moment hab ich keinen Kopf dafür.«
»Klar«, sagte Kim, während sie ihren Computer wieder hochfuhr. »Ich setz mich sofort dran und geb dir gleich Bescheid, wenn ich was herausfinde.«
Marie stieß einen tiefen Seufzer aus, der aber zum Glück nicht mehr ganz so verzweifelt wie am Anfang klang. »Danke, du bist ein Schatz!« Nachdem Kim sie noch mal kurz getröstet hatte, legte Marie auf.

Kim fragte sich, warum sie nicht längst selber auf die Idee gekommen war, die Adresse zu überprüfen. Stattdessen war sie total egoistisch gewesen und hatte nur an ihre eigenen lächerlichen Sorgen mit Robin gedacht. Aber das würde ihr nicht mehr passieren!

Schnell öffnete sie die Adressen-Auskunft und gab die Suchbegriffe »Manfred Friedham« und »Herdweg 11« ein. Fünf Sekunden später erschien die komplette Adresse mit Postleitzahl und Telefonnummer auf dem Bildschirm. Volltreffer! Der Zeuge war also nicht umgezogen.

Sie wollte schon Marie anrufen, um ihr die gute Neuigkeit mitzuteilen, da kribbelte es plötzlich in ihren Fingern, und der detektivische Ehrgeiz packte sie. Eigentlich könnte sie doch gleich diesen Herrn Friedham anrufen und ihn fragen, ob er sich für ein Interview zur Verfügung stellen würde. Ohne lange zu überlegen, zückte Kim ihr Handy und wählte die Nummer des Zeugen.

Nach dreimaligem Freizeichen knackte es in der Leitung, und eine freundliche Frauenstimme meldete sich: »Ja, hier Friedham?«

Damit hatte Kim nicht gerechnet. »Hallo … äh … hier ist Kim Jülich. Kann ich bitte Herrn Manfred Friedham sprechen?«

Schweigen in der Leitung, dann sagte die Frau: »Tut mir leid, mein Vater ist vor einem Jahr gestorben.«

Die Worte trafen Kim wie ein Schlag in die Magengrube.

»Was wollten Sie denn von meinem Vater?«, erkundigte sich die Frau.

»Ach, nichts Wichtiges«, sagte Kim, aber dann fiel ihr gerade noch rechtzeitig ein, dass die Frau ihr ja vielleicht doch weiterhelfen könnte. »Es geht um einen Unfall, der vor vielen Jahren passiert ist. Meine Freundin hat damals ihre Mutter verloren.« Kim nannte das Datum, an dem der Unfall passiert war, und berichtete, dass Herr Friedham damals der einzige Zeuge gewesen war. »Hat er Ihnen davon mal erzählt?«

»Nein«, sagte die Frau. »Mein Vater war nicht besonders gesprächig. Die meisten Dinge hat er für sich behalten.«

Kim versuchte, sich ihre Enttäuschung nicht anmerken zu lassen. »Ich dachte mir, ich probier es einfach mal. Trotzdem vielen Dank! Und es tut mir leid, dass Ihr Vater gestorben ist.«

»Schon gut«, sagte die Frau und legte auf.

Kim starrte auf ihr Handy und seufzte. Jetzt war sie so dicht dran gewesen, und dann hatte sich die Spur gleich wieder im Sand verloren! Aber es nützte nichts, Trübsal zu blasen. Dann mussten die drei !!! eben die zweite Informationsquelle nutzen. Zum Glück gab es ja noch Maries Tante! Kim wählte Maries Nummer, um ihr alles zu erzählen: die gute und die schlechte Nachricht.

Maries Tante packt aus

Tante Florentine wohnte in einem kleinen Haus am Stadtrand, das von einem verwilderten Garten mit verschneiten Nadelbäumen umgeben war. Die Zeit schien hier stehen geblieben zu sein, und das Haus mit dem spitzen Giebel und den dunklen Butzenscheibenfenstern sah abweisend und unheimlich aus.

Marie, die sich bei dem Anruf vor zwei Tagen so gefreut hatte, dass ihre Tante sie sofort eingeladen hatte, blieb zögernd vor dem Zaun stehen, obwohl es eisig kalt war und sie trotz dicker Handschuhe und Schal fror. Was würde sie wohl in diesem Haus erwarten, das sie noch nie betreten hatte? Früher hatte sie Tante Florentine nur ab zu bei Familienfesten gesehen und war nie bei ihr daheim gewesen. Würde die Tante genauso ausweichen wie ihr Vater, wenn sie die Sprache auf den Unfall brachte? Marie seufzte. Sie würde es nur herausfinden, wenn sie ihre Tante danach fragte.

Also gab sie sich einen Ruck und drückte auf den altmodischen Klingelknopf neben der Gartentür. Lange rührte sich nichts, aber dann ging die Haustür auf, und Tante Florentine kam mit offenen Armen auf sie zu, um das Gartentor aufzumachen. »Hallo, Marie! Du musst ja total durchgefroren sein. Komm schnell rein!«

»Danke«, sagte Marie und lächelte. Das war ja schon mal ein guter Anfang!

Während sie ihrer Tante ins Haus folgte, musterte sie sie verstohlen von der Seite. In den drei Jahren, seit Marie sie das letzte Mal gesehen hatte, waren ihre schwarzen Haare grau geworden und ihre Figur, die sich unter dem rot karierten Wollkleid abzeichnete, war noch fülliger geworden. Doch eine Sache war gleich geblieben: Tante Florentine redete noch genauso schnell und gerne wie früher.

»Hier kannst du deine Stiefel loswerden«, sagte sie und deutete auf einen bunten Flickenteppich unter dem Garderobenständer. »Und da geht es in die Küche. Ich hab Apfelstrudel gebacken. Es gibt Vanillesoße dazu und eine schöne heiße Schokolade. Na, wie klingt das?«

»Sehr gut«, sagte Marie, während sie sich aus ihrem Daunenanorak schälte. Die Wärme im Haus tat richtig gut, und aus der Küche duftete es herrlich.

Kurz darauf saß Marie auf der Eckbank in der gemütlichen Küche vor dem Kachelofen und sah ihrer Tante zu, die geschäftig zwischen Herd und Küchentisch hin- und herlief.

»Jetzt lass es dir erst mal schmecken«, sagte sie. »Reden können wir dann später.«

Marie hatte nichts dagegen. Es fiel ihr nicht leicht, über den Unfall zu sprechen.

Als sie das zweite Stück Apfelstrudel verdrückt und den letzten Schluck heiße Schokolade getrunken hatte, war Tante Florentine zufrieden und lächelte. »Sehr schön! Und jetzt rück raus mit der Sprache: Was hast du auf dem Herzen? Warum bist du so traurig?«

Marie sah sie verwundert an. »Woher …«

Tante Florentine zwinkerte ihr zu. »Meine Menschenkenntnis ist ganz gut, weißt du. Und außerdem war das nicht besonders schwer zu erraten. Also, was ist los?«

Marie schluckte. Dann fing sie langsam an zu erzählen, was sie über den Unfall gelesen hatte und wie sie das Ganze seither bedrückte.
Tante Florentine hörte aufmerksam zu und nickte zwischendurch. Als Marie zu Ende erzählt hatte, legte sie ihr kurz die Hand auf den Arm. »Das ist sicher schwer für dich! Du warst damals ja noch sehr klein, aber ich kann mir gut vorstellen, dass dich der Unfall trotzdem beschäftigt, gerade jetzt, wo du älter wirst. Was möchtest du denn gerne wissen?«
Marie wusste nicht, wie sie am besten anfangen sollte. »Also … da gab es doch diesen Zeugen, Herrn Friedham. Leider ist er vor einem Jahr gestorben. Hast du damals mit ihm gesprochen?«
Tante Florentine schüttelte den Kopf. »Nein, leider nicht. Ich hab nur gehört, dass die Polizei ihm jeden Satz aus der Nase ziehen musste, er war wohl nicht besonders gesprächig.«
Marie war ein bisschen enttäuscht, aber sie hatte schon etwas Ähnliches erwartet. Das deckte sich außerdem mit der Aussage der Tochter des Zeugen.
Zögernd fragte sie weiter: »Man weiß ja leider nicht, ob die Bremsen ausgefallen sind oder ob jemand sie vielleicht … manipuliert hat. Hatte meine Mutter irgendwelche Feinde, die so was hätten tun können?«
»Feinde?«, fragte Tante Florentine. »Nein, ganz bestimmt nicht! Deine Mutter war der netteste, wunderbarste Mensch, den du dir vorstellen kannst. Alle, die sie kennenlernten, mochten sie sofort. Sie war so fröhlich, hatte immer gute Laune und für jeden ein nettes Wort.«

Maries Herz zog sich zusammen. Warum hatte ihre Mutter nur so früh sterben müssen? Das war so ungerecht!
Tante Florentine holte ein Foto vom Büfett, auf dem Maries Mutter ein Sommerkleid trug und auf einer geblümten Picknickdecke saß. Sie aß gerade eine Kirsche und sah verschmitzt in die Kamera.
»Ja, genau so musst du sie dir vorstellen«, sagte Tante Florentine, »voller Lebenslust. Sie genoss jeden Tag in vollen Zügen. Nur manchmal war sie etwas chaotisch und vergesslich, aber das war auch wirklich ihre einzige Schwäche. Trotzdem mochte jeder sie. Deshalb war es ja auch so schrecklich, als sie plötzlich krank wurde.«
Marie zuckte zusammen. »Krank? Sie war krank?« Davon hörte sie heute zum ersten Mal. Ihr Vater hatte es nie erwähnt. Noch etwas, das er vor ihr verheimlicht hatte!
»Ja«, sagte Tante Florentine. »Dein Vater hat es dir wahrscheinlich nicht erzählt, weil er es dir nicht noch schwerer machen wollte. Kurz vor ihrem Unfall hat deine Mutter erfahren, dass sie Krebs hat. Die Ärzte hatten keine Hoffnung auf Heilung und konnten nichts für sie tun. Sie meinten, dass sie wohl nicht mehr lange leben würde.«
Marie wurde es plötzlich eiskalt, obwohl es mollig warm in der Küche war. Was für eine schreckliche Neuigkeit! Im ersten Augenblick wollte sie es nicht glauben. Vielleicht träumte sie gerade einen langen bösen Albtraum? Das alles konnte doch nicht wahr sein! Tante Florentine nahm Maries Hand. Ruhig und mitfühlend sah sie ihre Nichte an.
Marie wich ihrem Blick aus. Plötzlich schien alles zu wanken: der Tisch, die Regale, der Boden, die komplette Kü-

che. Gleich würde alles um sie herum einstürzen. Und genau in dem Moment, als sie dachte, schlimmer kann es jetzt nicht mehr werden, kam ihr auf einmal ein furchtbarer Verdacht: Wenn ihre Mutter gewusst hatte, dass sie bald sterben würde, wenn sie genau gewusst hatte, dass sie wahrscheinlich Schmerzen haben würde und leiden musste, hatte sie dann vor lauter Verzweiflung etwas getan, das sie sonst nie getan hätte? Hatte sie selbst die Bremsen an ihrem Auto zerstört, weil sie nicht leiden wollte?

Marie wollte diesen Gedanken sofort wieder verdrängen und aus ihrem Gedächtnis streichen, aber sie wusste, dass es sinnlos war. Was sollte sie jetzt bloß tun? Tante Florentine fragen, ob sie auch an Selbstmord glaubte? Und wenn sie Ja sagte? Das würde Marie nicht ertragen. Nein, sie würde nicht fragen.

»Marie!«, sagte Tante Florentine und legte wieder die Hand auf ihren Arm. »Hätte ich dir das lieber nicht erzählen sollen?«

»Doch«, sagte Marie. »Ich bin sehr froh, dass du es mir erzählt hast, aber ich ... ich glaube, jetzt muss ich nach Hause.« Nur mit größter Anstrengung schaffte sie es, nicht in Tränen auszubrechen.

Tante Florentine musterte sie besorgt. »Das kann ich gut verstehen. Das war alles ein bisschen viel auf einmal. Du kannst mich jederzeit anrufen, wenn du noch etwas wissen willst oder wenn du Trost brauchst. Jederzeit, hörst du?«

Marie nickte und murmelte: »Danke.« Dann stand sie mit wackligen Knien auf.

Tante Florentine umarmte sie zum Abschied. Marie

schluchzte kurz auf, dann lief sie schnell los, hinaus in die eiskalte Dämmerung.

Später wusste sie nicht mehr, wie sie überhaupt den Weg nach Hause gefunden hatte. Sie war halb blind durch die Straßen zum Bus gestolpert. Ihr innerer Instinkt führte sie schließlich doch in die richtige Richtung, aber jeder Schritt und jede Bewegung fiel ihr unendlich schwer. Mit letzter Kraft öffnete sie die Haustür, warf den Schlüssel auf die Kommode und schleppte sich in ihr Zimmer. Warum war ihr Vater jetzt nicht hier? Sie musste mit ihm reden und ihn fragen, warum er ihr nie erzählt hatte, dass ihre Mutter schwer krank gewesen war. Aber er würde frühestens in zwei Stunden heimkommen, wenn nicht noch später.

Die Stille in der Wohnung war so laut wie nie. Marie wusste, dass sie alleine verrückt werden würde. Sie musste jemanden anrufen: Kim oder Franzi. In diesem Moment klingelte ihr Handy.

Marie griff danach und sah, dass es Franzi war. Konnte sie Gedanken lesen? Hatte sie vielleicht geahnt, dass es ihr schlecht ging? Wie auch immer, noch nie war Marie so froh gewesen, den Namen ihrer Freundin auf dem Display zu lesen. »Hallo, Franzi! Du rufst genau zum richtigen Zeitpunkt an …«

»Hi, Marie!«, sagte Franzi, ohne auf Maries Satz einzugehen. »Ich *muss* es dir einfach erzählen, sonst platze ich! Stehst du oder sitzt du? Setz dich lieber, sonst wird es dich gleich umhauen.«

Marie ging hinüber ins Wohnzimmer und sank auf das weiße Ledersofa. Hatte Franzi etwa noch eine schlechte

Nachricht? Dann wollte sie sie auf keinen Fall hören. Aber Franzis Stimme klang alles andere als traurig, Marie hatte sie selten so aufgekratzt und glücklich erlebt.
Und schon redete sie weiter ohne Punkt und Komma: »Es ist passiert, ich hab es getan! Es ist der absolute Wahnsinn! Nein, keine Angst, ich bin nicht verrückt geworden, aber du weißt natürlich gar nicht, wovon ich rede. Ich muss von vorne anfangen: Du erinnerst dich doch noch an den Liebesbrief, den Benni mir mal geschrieben hat? Wo er mich gefragt hat, ob ich mit ihm gehen will. Damals hab ich ja ›Brauche noch Zeit‹ zurückgeschrieben, aber gestern … also, gestern, als wir zusammen beim Schwimmen waren, hab ich Ja gesagt. Stell dir vor! Und dann ist es passiert. Er hat mich geküsst, und ich hab ihn geküsst. Und ich glaub, jetzt sind wir zusammen. Was sagst du dazu?«
Marie war so überfordert von Franzis Redeschwall, dass sie erst mal überhaupt nicht wusste, wie sie reagieren sollte. »Äh … ja, toll. Das klingt gut.«
»Gut?«, wiederholte Franzi entrüstet. »Das ist megasuperwahnsinnsgut! Aber du freust dich ja gar nicht für mich! Bist du etwa eifersüchtig?«
»Nein, nein …«, sagte Marie. »Es ist nur …« Sie stockte, weil der Schmerz sie wieder überrollte.
Jetzt merkte Franzi endlich, dass etwas nicht stimmte. »Hey? Was ist los? Geht's dir nicht gut?«
»Nein«, sagte Marie leise. »Ich war doch bei meiner Tante.«
»Stimmt«, sagte Franzi. »Sorry! Das hab ich total vergessen. Und? Wie war es? Was hat sie dir erzählt?«

Marie schluckte. Dann fasste sie das Gespräch mit ihrer Tante kurz zusammen und nannte am Schluss ihre Vermutung.

Franzi brauchte ein paar Sekunden, bis sie es verdaut hatte. Dann sagte sie: »Das ist ja furchtbar! Und ich Hornochse labere dich die ganze Zeit voll. Entschuldige! Wenn ich das gewusst hätte … Und du meinst wirklich, dass deine Mutter das getan haben könnte, obwohl sie so ein fröhlicher Mensch gewesen ist?«

»Keine Ahnung«, sagte Marie. »Ich weiß ja so wenig über sie.«

»Rede mit deinem Vater«, schlug Franzi vor. »Jetzt muss er dir endlich die ganze Wahrheit sagen. Du hast ein Recht darauf.«

Marie drückte das Handy noch fester ans Ohr, bis es wehtat. »Ja, das stimmt. Ich werde ihn fragen, gleich wenn er heute nach Hause kommt.«

»Mach das!«, sagte Franzi. »Kann ich dir sonst noch irgendwie helfen? Soll ich vorher noch schnell vorbeischauen? Oder soll ich Kim Bescheid geben, damit sie dich anruft?«

»Nein, danke«, antwortete Marie. »Ich schaff das schon alleine.«

»Wirklich?«, hakte Franzi besorgt nach.

Marie seufzte. »Ja, wirklich!«

Doch als sie sich von Franzi verabschiedet und aufgelegt hatte, war sie sich plötzlich nicht mehr so sicher. Sofort erdrückte die Stille der großen Wohnung sie wieder. Sie musste sich mit irgendetwas ablenken. Etwas essen vielleicht? Nein, sie hatte keinen Hunger. Oder was lesen? Kein

Buch der Welt konnte gerade spannend genug sein, und außerdem hatte sie keine Lust zu lesen. Aber was sollte sie dann tun? Unruhig tigerte sie durch die Wohnung und landete am Ende wieder im Büro ihres Vaters. Weil ihr immer noch eiskalt war, nahm sie seine Wolljacke und kuschelte sich hinein. Dann setzte sie sich an seinen Schreibtisch und starrte auf die unordentlichen Papier- und Bücherstapel. Der Zeitungsartikel über den Unfall lag nicht mehr dort, den hatte ihr Vater wahrscheinlich an einem sicheren Ort versteckt. Marie griff nach einem Fachbuch über Kriminalistik, in dem Herr Grevenbroich regelmäßig nachschlug, wenn er für seine Rolle als Hauptkommissar Brockmeier etwas genauer wissen wollte. Normalerweise fand Marie solche Dinge total spannend, aber heute blätterte sie nur lustlos in dem Buch herum. Gerade wollte sie es wieder weglegen, als plötzlich ein Blatt Papier zwischen den Seiten herausfiel und auf den Boden segelte. Marie bückte sich danach und war kurz davor, das Blatt zurück ins Buch zu stecken, als ihr Blick bei der obersten Zeile hängen blieb. Sie bestand nur aus einem Wort: »Liebste!«

Maries Herz verkrampfte sich, und die Buchstaben verschwammen vor ihren Augen. Bitte nicht!, dachte sie. Nein, das darf nicht wahr sein! Aber es gab keinen Zweifel, wer diesen Brief geschrieben hatte: ihr Vater! Seine Schrift würde sie unter tausend anderen Schriften sofort erkennen.

Liebste!

Gestern haben wir uns gesehen, aber es kommt mir schon wieder ewig her vor. Außerdem konnten wir da nur so kurz mit-

einander reden, und wir waren nicht allein. Jeden Augenblick hätte jemand hereinplatzen und uns stören können. Dabei hätte ich so gerne die Stelle an Deinem Hals berührt, die so wundervoll nach Rosen duftet. Ich verzehre mich nach Dir: nach Deinem Duft, nach Deinen weichen Lippen, nach Deiner Wärme und Zärtlichkeit. Jede Minute, jeder Tag, den ich ohne Dich verbringen muss, ist leer und sinnlos. Nichts macht mir Freude, wenn Du nicht in meiner Nähe bist. Ich tue zwar so, als würde ich Spaß haben beim Drehen, aber in Wirklichkeit bin ich mit meinen Gedanken nur bei Dir. Ich tue so, als ob die Menschen, die ich täglich treffe, mir etwas bedeuten, aber der einzige Mensch auf der Welt, der mir etwas bedeutet, bist Du.
Wann können wir uns endlich wiedersehen? Und wann können wir für immer zusammen sein? Sag jetzt nicht wieder, dass es Gründe gibt, die dagegensprechen. Sprich bitte nicht davon, dass ich noch Geduld haben und warten muss. Ich kann nicht mehr länger warten. Ich möchte mit Dir leben, für immer!
Tausend Küsse
von Deinem Prinzen

Marie ließ den Brief auf ihren Schoß sinken. Wie konnte ihr Vater ihr das antun? Und wie hatte diese Floristin es geschafft, ihm so dermaßen den Kopf zu verdrehen, dass er völlig den Verstand verlor? Was hatte er geschrieben? Sie sei der einzige Mensch, der ihm etwas bedeuten würde. Und was war mit ihr, mit seiner Tochter Marie? Hatte er sie plötzlich nicht mehr lieb nur wegen dieser Frau, die einfach so in sein – nein, in *ihr* – Leben hereingeschneit war?

Bevor sie den Brief gelesen hatte, war sie noch fest entschlossen gewesen, mit ihrem Vater über den Unfall und die Krankheit ihrer Mutter zu reden. Jetzt konnte sie sich nicht mal mehr vorstellen, überhaupt je wieder ein Wort mit ihrem Vater zu sprechen. Er hatte sie verraten, und das würde sie ihm niemals verzeihen!
Wütend legte sie den Brief in das Buch zurück, klappte es zu und legte es wieder auf dieselbe Stelle auf dem Schreibtisch. Dann zog sie die Strickjacke aus, warf sie über die Lehne und flüchtete aus dem Büro, das sie bestimmt nie, nie wieder betreten würde!
Als sie auf dem Weg zu ihrem Zimmer war, hörte sie, wie ihr Vater die Wohnungstür aufsperrte. Sofort rannte sie in ihr Zimmer, sprang mit all ihren Kleidern ins Bett, zog die Bettdecke bis zur Nasenspitze hoch und löschte das Licht.
»Marie!«, rief Helmut Grevenbroich. »Ich bin wieder da! Wo bist du denn?« Sie hörte ihn durch die Wohnung laufen. Dann machte er ihre Zimmertür auf. »Marie … oh! Du schläfst ja schon. Entschuldige, gute Nacht!«
Marie rührte sich nicht und tat so, als würde sie längst tief und fest schlafen. Als ihr Vater die Tür leise wieder zumachte, drehte sie den Kopf zur Wand und fing an zu weinen.

Endlich eine Spur

Als am nächsten Tag der Wecker läutete, wachte Marie mit hämmernden Kopfschmerzen und dem dumpfen Gefühl auf, dass irgendetwas Schlimmes passiert sein musste. Im nächsten Augenblick erinnerte sie sich an alles und zog sofort wieder die Bettdecke über den Kopf. Doch fünf Minuten später klingelte der Wecker auf dem Nachttisch ein zweites Mal, diesmal hartnäckig. Es half alles nichts, sie musste aufstehen und in die Schule gehen. Dabei wäre sie am liebsten ganz woanders hingegangen: nämlich in den Blumenladen. Jetzt, nach dieser schrecklichen Nacht, in der sie kaum hatte schlafen können, hatte sie eine Stinkwut auf die Floristin. Sie durfte nicht zulassen, dass sich diese wildfremde Frau einfach in ihr Leben drängte. Irgendwie musste sie es schaffen, sie von ihrem Vater wegzuekeln. Marie wusste zwar noch nicht wie, aber ihr würde schon noch was einfallen, alleine oder zusammen mit Franzi und Kim.

Mit diesem Vorsatz fiel ihr das Aufstehen schon leichter, aber sie hatte überhaupt keine Lust, gleich in der Früh ihrem Vater über den Weg zu laufen oder gar mit ihm zu frühstücken. Vielleicht hatte sie ja Glück und er war noch nicht aufgestanden. Schnell schlüpfte sie in ihren Bademantel und öffnete leise die Tür, um zu checken, ob die Luft rein war. Draußen im Flur war alles ruhig. Ein gutes Zeichen! Wenn ihr Vater wach gewesen wäre, hätte sie ihn gehört. Er ließ nämlich immer das Radio laufen und trällerte bei den Liedern mit, während er sich fertig machte.

Marie lief trotzdem so leise wie möglich über den Flur. Auf dem Weg zum Bad kam sie an der Kommode vorbei und stutzte. Unter dem Briefbeschwerer aus Glas lag ein Zettel.

Guten Morgen, Marie!
Na, hast Du gut geschlafen, kleines Murmeltier?
Ich musste heute leider schon früh los, weil ich das Auto zur Werkstatt bringen muss. Irgendwas am Auspuff ist kaputt, natürlich ausgerechnet jetzt, wo ich das Auto dringend brauche, um zu meinen Dreharbeiten auf dem Land zu kommen. Hoffentlich können die in der Werkstatt mir helfen! Aber zum Glück kennen die ja meine alte Karre schon ewig.
Also, drück mir die Daumen!
Es umarmt Dich
dein Papa (der Dich sehr, sehr lieb hat!)

Marie zerriss den Zettel, sobald sie ihn gelesen hatte. Von wegen, er hatte sie »sehr, sehr lieb«! Das Rumgesülze konnte er sich sparen.
Drüben aus ihrem Zimmer läutete der Wecker ein drittes Mal. Sie hatte vergessen, ihn auszustellen, und jetzt war er richtig sauer und piepste wie verrückt. Schnell rannte sie hin. Als sie einen Blick auf die Digitalanzeige warf, stieß sie einen Schrei aus. Wenn sie noch rechtzeitig zur Schule kommen wollte, musste sie sich höllisch beeilen. Andererseits gab es wirklich wichtigere Dinge als die Schule. Bevor sie ins Bad flitzte, musste sie unbedingt noch vorher Kim und Franzi simsen und ein Sonder-Clubtreffen für heute Nachmittag ausmachen.

»Ich dachte, ich bringe euch noch schnell einen frisch gebackenen Kirschkuchen vorbei«, sagte Frau Winkler. Sie hatte nur einmal angeklopft und stand auch schon im nächsten Moment mitten im Hauptquartier der drei !!!.
Franzi runzelte die Stirn. »Mensch, Mama, du weißt doch, dass du unsere Treffen nicht stören sollst!«
Frau Winkler machte kein besonders schuldbewusstes Gesicht und wuschelte ihrer Tochter kurz durchs Haar. »Ich bin ja gleich wieder weg. Lasst es euch schmecken!« Sie stellte den Kuchen auf dem Tisch ab und zwinkerte Marie und Kim zu.
»Vielen Dank!«, sagte Kim. »Das ist wirklich sehr nett von Ihnen. Ich liebe Ihren Kirschkuchen!«
Frau Winkler lächelte geschmeichelt, aber als Franzi ihr einen warnenden Blick zuwarf, zog sie sich schnell zurück.
»Sie ist unmöglich!«, beschwerte sich Franzi, als ihre Mutter verschwunden war.
»Lass sie doch!«, sagte Kim, während sie den Kuchen anschnitt und drei große Stücke auf die Teller verteilte. »Meine Mutter bäckt so gut wie nie – leider!«
»Und meine bäckt gar nicht mehr«, warf Marie ein. Der Satz war ihr einfach so herausgerutscht, und sofort machten ihre Freundinnen betroffene Gesichter.
»Entschuldige!«, sagte Kim. »Wir reden schon wieder über lauter unwichtiges Zeug. Aber jetzt bist du dran: Was gibt es Neues?«
Marie holte tief Luft und fing an zu erzählen: vom Besuch bei Tante Florentine und was sie dort erfahren hatte. »Wenigstens fällt die erste Möglichkeit weg, dass irgendje-

mand die Bremsen manipuliert hat. Aber Franzi hab ich es schon erzählt«, sagte sie am Ende, »ich werde einfach dieses schreckliche Gefühl nicht los, dass meine Mutter sich vielleicht das Leben nehmen wollte.«

Kim schüttelte den Kopf. »Nein, das glaub ich nicht, und ich will dich damit jetzt nicht nur trösten oder so. Deine Tante hat doch extra betont, was für ein fröhlicher Mensch deine Mutter war, wie sie jeden Tag ihres Lebens genossen hat. So jemand bringt sich nicht um, selbst wenn es ihm schlecht geht.«

Marie wollte Kim nur zu gerne glauben, aber solange sie diese Möglichkeit nicht ausschließen konnten, wagte sie es noch nicht. »Wir haben aber keine Beweise und keine Zeugen!«, stöhnte sie. »Ich wünschte, es gäbe wenigstens ein winzig kleines Indiz, das gegen Selbstmord sprechen würde.«

Franzi nahm einen Bissen von ihrem Kirschkuchen und legte die Gabel sofort wieder weg. »Es muss eins geben, auch wenn der Fall schon sehr lange her ist. Vielleicht sollten wir Kommissar Peters bitten, dass er sich die Akte noch mal gründlich vornimmt.«

»Bloß nicht!«, sagte Marie. »Der hat mich schon zweimal angerufen und sich erkundigt, ob wir auch ja nichts Gefährliches unternehmen. Als er gehört hat, dass Herr Friedham nicht mehr lebt, war er sichtlich erleichtert, aber er will weiter auf uns ›aufpassen‹, als ob wir Kleinkinder wären!«

Kim, die als Einzige ihren Kuchen bereits aufgegessen hatte und sich gerade ein zweites Stück auf den Teller lud, nickte. »Ja, das nervt mich auch total. Er ist fast so schlimm wie meine Mutter. Okay, er fällt also erst mal weg. Was haben wir sonst noch für Spuren, die wir verfolgen können?«

»Die Bremsen«, warf Franzi ein. »Immer wieder kommen wir zum selben Punkt zurück, es ist wie verhext. Da fällt mir übrigens ein: Weißt du zufällig, Marie, in welcher Autowerkstatt deine Mutter früher war?«

Marie überlegte. »Nein, keine Ahnung! Ich könnte meinen Vater fragen, aber ehrlich gesagt habe ich keine große Lust dazu. Außerdem ist der Unfall doch schon ewig her. Selbst wenn wir die Werkstatt finden würden, werden dort wahrscheinlich ganz andere Mechaniker arbeiten als damals.«

»Stimmt«, musste Kim zugeben. »Aber einen Versuch wäre es trotzdem wert. Willst du nicht doch deinen Vater fragen?«

Marie schüttelte so heftig den Kopf, dass ihre langen blonden Haare nach allen Seiten flogen. Doch dann stoppte sie mitten in der Bewegung. »Wartet mal! Heute hat mir mein Vater einen Zettel geschrieben, dass er sein Auto zur Werkstatt bringen muss. Und er hat dazugeschrieben, dass die ihn dort schon ewig kennen würden.«

Franzi warf einen triumphierenden Blick in die Runde. »Seht ihr! Ich hab's gleich geahnt. Das ist die Spur!«

»Und in welche Werkstatt geht dein Vater?«, hakte Kim nach, die wie immer am pragmatischsten vorging.

Diese Frage konnte Marie sofort beantworten. »In die Steiner-Werkstatt. Die ist in der …«

»… Westendstraße«, beendete Franzi den Satz. »Da gehen meine Eltern nämlich auch hin. Also, worauf warten wir noch? Wir sollten denen so bald wie möglich einen Besuch abstatten.«

Marie zögerte. »Ja, schon ...«

»Was ist denn?«, fragte Kim. »Hast du Angst, dass du dort deinem Vater über den Weg läufst?«

»Nein«, sagte Marie. »Aber ich glaube, ich muss vorher noch was Wichtigeres erledigen.«

Kim und Franzi sahen sie überrascht an. Sie konnten sich kaum vorstellen, was es noch Wichtigeres geben könnte, jetzt, wo sie endlich eine heiße Spur hatten.

Marie biss sich auf die Lippe. Dann sagte sie leise: »Ich muss verhindern, dass mein Vater den größten Fehler seines Lebens begeht. Diese Floristin wickelt ihn total um den Finger. Er ist ihr schon richtig verfallen.«

»Woher weißt du denn das?«, wollte Franzi wissen.

Maries Augen füllten sich mit Tränen. »Er hat ihr einen Liebesbrief geschrieben!«

»Nein!«, riefen Kim und Franzi wie aus einem Mund und starrten Marie entsetzt an.

»Doch!«, sagte Marie und erzählte, was in dem Liebesbrief alles gestanden hatte. Kim und Franzi hörten schaudernd zu.

»Jetzt versteh ich dich«, sagte Kim. »Natürlich ist das noch wichtiger als der Unfall. Was willst du denn gegen diese Frau unternehmen? Brauchst du unsere Hilfe?«

»Ich glaube schon«, sagte Marie. »Wir müssen zusammen eine Strategie entwerfen und so bald wie möglich in die Tat umsetzen. Habt ihr morgen Nachmittag Zeit?«

Franzi lächelte seelig. »Leider nicht, morgen hab ich ein Date mit Benni. Wir wollten ins Kino gehen.«

»Und dort hemmungslos knutschen, gib's zu!«, sagte Kim.
Franzi wurde knallrot. »Äh … nein, ja … nein, natürlich nicht!«
»Ist schon okay«, sagte Marie, die merkte, wie wichtig Franzi das Treffen war. Kein Wunder, sie war ja auch frisch verliebt. »Ich kann die Aktion auch alleine mit Kim durchziehen, vorausgesetzt, sie hat nicht ebenfalls was anderes vor.«
Jetzt wurde Kim auch ein bisschen rot. »Nein, das Fotoshooting ist vorbei. Gestern hatte ich den zweiten und letzten Termin und muss Robin zum Glück nie wiedersehen.«
»Und was ist mit Michi?«, hakte Marie nach.
»Gar nichts«, sagte Kim und sah auf einmal ziemlich traurig aus. »Er meldet sich nicht, obwohl ich ihm gestern und heute schon zwei SMS geschickt hab.«
Marie seufzte innerlich. Das kam ihr nur zu bekannt vor. Holger ließ schließlich auch nichts mehr von sich hören, aber seine letzte SMS war schon viel, viel länger her als bei Kim und Michi. »Er meldet sich bestimmt bald«, versuchte sie Kim zu beruhigen. »Aber das heißt im Klartext, du hast Zeit?«
Kim lächelte. »Für dich doch immer!«

Detektivtagebuch von Kim Jülich
Freitag, 19:25 Uhr
Endlich geht es voran mit unserem Fall! Ich dachte schon, wir müssen aufgeben, weil der Unfall zu lange her ist. Aber jetzt haben wir eine neue Spur: die Werkstatt! Wenn Maries Vater sein Auto schon sehr lange dort hinbringt, ist die Wahrscheinlichkeit groß, dass seine Frau damals auch zur gleichen Werkstatt

gegangen ist. Nun brauchen wir nur noch ein bisschen Glück. Vielleicht gibt es noch einen Mitarbeiter, der bereits damals in der Werkstatt gearbeitet hat (oder den Chef selbst?). Wir werden es herausfinden! Und der kann uns dann hoffentlich etwas über die Bremsen sagen.

Sehr froh bin ich auch, dass wir Manipulationen von außenstehenden Personen ausschließen können, da Maries Mutter offenbar keine Feinde hatte. Ehrlich gesagt, habe ich mir das auch nie so recht vorstellen können. Genauso wenig, dass sie sich das Leben genommen hat. Das passt einfach nicht zu ihr, so wie Tante Florentine sie beschreibt und auch Maries Vater. Außerdem habe ich schon oft gehört, dass gerade schwer kranke Menschen, die wissen, dass sie bald sterben müssen, einen unglaublichen Lebenswillen entwickeln und jeden Tag, jede Stunde, die ihnen noch bleibt, auskosten möchten. Ganz bestimmt war es bei Frau Grevenbroich auch so. Ich hoffe es so sehr für Marie. Sie tut mir unheimlich leid. Bei ihr kommt aber zurzeit auch alles zusammen: erst die Sache mit dem Unfall und dann auch noch die neue Freundin ihres Vaters. Meine eigenen Probleme kommen mir dagegen fast lächerlich vor.

Gerade habe ich mit Marie eine wasserdichte Strategie entworfen, wie wir die Floristin loswerden können. Erst haben wir uns den Kopf zerbrochen und uns ist absolut nichts eingefallen, aber dann hatte Marie schließlich die geniale Idee: Wir werden die Hoffnungen der Blumenverkäuferin zerstören, mit einem ganz einfachen Trick. Den will ich hier aber lieber nicht verraten, weil ich gerade ein bisschen abergläubisch bin. Irgendwie habe ich das Gefühl, wenn ich nicht darüber schreibe, wird der Trick auf jeden Fall funktionieren. Also: topsecret!!!

Über eine ganz andere Sache muss *ich schreiben, sonst werde ich noch verrückt, aber nicht hier in diesem Detektivtagebuch!*

Geheimes Tagebuch von Kim Jülich
Freitag, 19:51 Uhr
Wer dies liest, selbst wenn er einmal mein Freund gewesen sein sollte, wird ab sofort mein Feind sein, und ich werde nie, nie wieder ein einziges Wort mit ihm reden! Ich hoffe, ich habe mich klar genug ausgedrückt.
Michi! Warum meldest du dich nicht? Das machst du doch sonst nicht. Zwei SMS habe ich dir geschickt, und du hast nicht darauf geantwortet. Was ist los? Magst du mich auf einmal nicht mehr? Neulich im Café Lomo *warst du noch so süß zu mir, und ich war mir ganz sicher, dass du mit mir flirtest und es total genießt, mit mir zusammen zu sein.*
Hast du etwa ein anderes Mädchen getroffen, das dir noch besser gefällt? Ein Mädchen, das schon älter ist als ich? Ich darf gar nicht daran denken. Aber vielleicht stimmt es ja: Vielleicht bin ich dir auf Dauer doch zu kindisch. Oder du willst bloß mit mir befreundet sein, nicht mehr. Oder du bist aus irgendeinem Grund sauer auf mich, aber warum? Nein, das kann nicht sein.
Ich halte diese Unsicherheit nicht mehr aus! Ich will endlich wissen, woran ich bin. Ich kann schon nicht mehr schlafen wegen dir. Selbst die Schokolade schmeckt mir nicht so wie sonst, und das will echt was heißen bei mir.
Franzi hat's gut! Bei ihr hat es total schnell geklappt. Sie musste ihrem Benni nur einen kleinen Tipp geben, und schon hat er sie verstanden. Ich freu mich sehr für sie, sie ist so glücklich wie

noch nie und strahlt richtig. Das ist allerdings auch kein Wunder, Benni trägt sie auf Händen. Seit sie zusammen sind, hat er ihr schon drei Geschenke gemacht: einen Schlüsselanhänger mit einem silbernen Herzen, ein total süßes grünes Stirnband mit dazu passenden Pulswärmern und einen Kugelschreiber, auf dem er die Initialen F & B *hat eingravieren lassen. So was sollte mir mal passieren!*

Aber eigentlich brauche ich gar keine Geschenke, das größte Geschenk wäre, wenn Michi sich melden und ein Date mit mir ausmachen würde.

Bitte melde dich!!!

Lügen und Liebeskummer

»Sieh dir das an!«, rief Kim. »Der Laden ist gerammelt voll.«
Marie stellte sich neben ihre Freundin vor die Auslage des Blumenladens, in dem die Floristin arbeitete, und stöhnte. »Mist! Warum müssen ausgerechnet heute alle auf die Idee kommen, noch schnell Blumen zu bestellen und zu kaufen?«
Kim grinste. »Ganz einfach, heute ist Samstag, und es ist nicht mehr lange hin bis zum Valentinstag.«
Das wusste Marie natürlich auch, wobei sie im Moment tausend andere Dinge im Kopf hatte und auf den Valentinstag locker hätte verzichten können. Suchend ließ sie ihren Blick über die Köpfe der Kunden schweifen, bis sie endlich die Floristin entdeckte. Sie hatte diesmal ihre schwarzen Haare zu einem Pferdeschwanz zusammengebunden und trug ein kurzes gelbes Strickkleid, das jeden Zentimeter ihrer attraktiven Rundungen betonte. Dazu trug sie schwarze Lackschuhe mit spitzen, hohen Absätzen.
Marie biss sich auf die Lippe. Das machte sie garantiert extra, um ihren neuen Lover zu betören! Vielleicht hatten ihr Vater und sie sich ja noch für heute verabredet. Marie schob den Gedanken schnell wieder weg, weil sie sich sonst sofort auf die Blumenverkäuferin gestürzt und ihr die schönen schwarzen Haare ausgerissen hätte.
»Und? Bist du so weit?«, fragte Kim.
Marie nickte und versuchte, ihre Wut mit einem Lächeln zu unterdrücken. »Ja, klar. Nichts wie los!« Entschlossen betrat

sie den Blumenladen und riss die Tür so schnell auf, dass die Türklingel hektisch bimmelte.
Ein paar Kunden drehten sich empört um, beugten sich aber gleich wieder über die Blumentöpfe und Gestecke. Kim und Marie blieb nichts anderes übrig, als sich in die lange Schlange der Wartenden einzureihen. Am Anfang hofften sie noch, bald an die Reihe zu kommen, aber nach einer Weile gaben sie die Hoffnung auf. Alle schwierigen Kunden mit tausend Sonderwünschen schienen sich auf diesem Fleck versammelt zu haben. Während Marie immer entnervter wurde, hatte die Floristin die Ruhe weg. Mit gleichbleibender Liebenswürdigkeit bediente sie ihre Kunden, aber ihr Lächeln blieb die ganze Zeit professionell, wie Marie bitter registrierte. Kein Vergleich zu dem Lächeln, das sie Herrn Grevenbroich geschenkt hatte! Nach einer halben Ewigkeit waren Kim und Marie an der Reihe.
»Guten Tag, was kann ich für euch tun?«, fragte die Floristin.
Kim blinzelte ihr verschwörerisch zu. »Wir haben eine wichtige Nachricht für Sie. Können wir uns irgendwohin zurückziehen, wo es ein bisschen ruhiger ist, in Ihr Büro vielleicht?«
Die Frau machte ein verdutztes Gesicht, dann schüttelte sie den Kopf. »Tut mir leid, ich muss hier vorne bleiben, sonst denken die Kunden, der Laden ist nicht besetzt. Aber hier drüben beim Tisch ist es ruhiger. Worum geht es denn?«
Kim und Marie folgten der Blumenverkäuferin. Die Ecke beim Ladentisch war tatsächlich einigermaßen geschützt vor neugierigen Kunden.

»Ihr macht es ja spannend«, sagte die Floristin. »Was habt ihr denn für mich?«
Marie setzte ihr schönstes Lächeln auf. »Wir wollten mit Ihnen über meinen Vater sprechen, Herrn Grevenbroich, so von Frau zu Frau, wissen Sie?«
Die Floristin zog verwundert ihre linke Augenbraue hoch. »Ach ja?«
Schnell redete Marie weiter: »Ich kenne meinen Vater ein bisschen länger als Sie, und deshalb weiß ich genau, was in ihm vorgeht. Na ja, und deshalb ... also ...« Plötzlich wusste sie nicht mehr weiter.
Zum Glück sprang Kim für sie ein. »Genau, und deshalb will meine Freundin Sie warnen. Nicht, dass Sie sich falsche Hoffnungen machen.«
»Falsche Hoffnungen?«, wiederholte die Floristin und zog ihre linke Augenbraue noch weiter hoch.
Marie kochte innerlich vor Wut. Diese falsche Schlange tat so, als würde sie nur Bahnhof verstehen, aber das war natürlich Absicht. Wieder lächelte Marie extrasüß. »Sie wissen ja, dass mein Vater Schauspieler ist, und unter Schauspielern nimmt man es mit der Treue nicht ganz so genau. Mein Vater ist ein toller Mann, ganz klar, aber er verliebt sich eben sehr schnell, in viele verschiedene Frauen. Er redet gern von der großen Liebe und von Treue, aber in Wirklichkeit ist er wie ein Schmetterling. Er fliegt von Blume zu Blume.«
»Also, ich weiß wirklich nicht, warum ihr mir das alles erzählt«, sagte die Floristin und sah sich nervös im Laden um, der sich inzwischen wieder mit neuen Kunden gefüllt hatte. »Ich habe gerade gar keine Zeit für solche Kinderspiele.«

»Das sind keine Kinderspiele«, protestierte Kim. »Wir meinen es völlig ernst. Wir wollen nur nicht, dass Sie mit offenen Augen in Ihr Unglück rennen. Suchen Sie sich lieber einen anderen Mann, der es ernst mit Ihnen meint, und machen Sie Schluss mit Herrn Grevenbroich, bevor er Ihnen zuvorkommt.«

Marie legte der Frau scheinbar mitfühlend die Hand auf die Schulter. »Sonst werden Sie nur unnötig leiden, und das wollen Sie doch nicht, oder? Nichts ist schlimmer als Liebeskummer.«

Jetzt sah die Floristin zum ersten Mal richtig ärgerlich aus und schüttelte Maries Hand ab. »Ich weiß nicht, wovon ihr redet, und will es auch gar nicht wissen. Geht jetzt bitte, sofort! Ich muss mich um meine Kunden kümmern.«

»Kein Problem«, sagte Kim. »Das war's auch schon, was wir Ihnen sagen wollten.«

Marie winkte lächelnd zum Abschied. »Also, machen Sie's gut! Und denken Sie an unseren guten Rat.«

Die Blumenverkäuferin schüttelte bloß unwillig den Kopf, dann drehte sie sich auf ihren hohen Absätzen um und ging auf einen jungen Mann zu, der bereits am längsten wartete und besonders ungeduldig zu sein schien.

Marie und Kim verließen triumphierend den Laden. Sobald sie auf dem Gehsteig waren, rannten sie los. Erst als sie einige Häuserblocks hinter sich gelassen hatten, blieben sie keuchend stehen.

»Du warst super!«, sagte Kim. »Du bist einfach die perfekte Schauspielerin.«

»Danke«, sagte Marie geschmeichelt. »Du warst aber auch

ziemlich gut. Meinst du, sie hat uns das Lügenmärchen abgekauft?«
Kim nickte. »Garantiert! Ich hab genau gesehen, wie es hinter ihrer coolen Fassade gebrodelt hat. Die hatte sich nur ziemlich gut im Griff, aber ich wette, wir haben ihr einen riesigen Schock verpasst.«
»Hoffentlich!«, sagte Marie und schickte ein stummes Stoßgebet zum Himmel. Das wäre fast schon zu schön, wenn es wirklich geklappt hätte. Wenn alles wieder so wie früher wäre zwischen ihrem Vater und ihr!
»Und was machen wir jetzt?«, fragte Kim.
Marie überlegte kurz, dann hakte sie sich bei ihrer Freundin unter. »Jetzt lade ich dich zu einem *Kakao Spezial* ins *Café Lomo* ein! Den hast du dir heute mehr als verdient.«
Kim leckte sich genüsslich die Lippen. »Eine sehr gute Idee. Das wär aber wirklich nicht nötig gewesen!«
Eine Viertelstunde später saßen Kim und Marie in der gemütlichen Sofaecke des *Café Lomo* und stießen mit ihren Kakaotassen aneinander.
»Auf die Freundschaft!«, sagte Marie.
»Auf die Freundschaft!«, sagte Kim.
»Hmmm …«, machte Kim und stellte erleichtert fest, dass ihr die Schokolade wieder schmeckte. Vielleicht würde ja noch alles gut werden mit Michi. Unauffällig kramte sie ihr Handy aus der Hosentasche und checkte schnell, ob eine neue SMS angekommen war. Leider Fehlanzeige!
Um sich abzulenken, fragte sie Marie: »Jetzt haben wir ja unser erstes Projekt erledigt, wann gehen wir denn in die Werkstatt?«

»Am besten gleich am Montag«, schlug Marie vor und fügte trocken hinzu: »Falls Franzi dann wieder aus ihrem Liebesrausch erwacht ist.«

Kim musste kichern. »Es hat sie ganz schön erwischt, was? Ausgerechnet Franzi, die immer über unsere Schwärmereien gelästert hat. Nie im Leben hätte ich gedacht, dass sie die Erste von uns sein würde, die mit jemandem geht. Apropos mit jemandem gehen: Wie steht es denn eigentlich bei dir und Holger?«

»Nicht so gut«, sagte Marie und drehte ihre leere Tasse hin und her. »Er hat sich immer noch nicht gemeldet.«

Kim stellte sich vor, wie es ihr an Maries Stelle gehen würde, und sagte mitfühlend: »Das tut mir leid. Dabei habt ihr euch doch so gut verstanden, damals in Billershausen.«

Marie seufzte. »Das dachte ich auch, aber anscheinend habe ich mich doch getäuscht. Wie es scheint, lassen mich zurzeit alle Menschen, die mir etwas bedeuten, im Stich: mein Vater, Holger …«

»So was darfst du nicht sagen«, widersprach Kim. »Du bist nicht alleine, du hast doch mich und Franzi.«

Marie lächelte. »Stimmt. Darüber bin ich auch sehr froh. Sag mal, was meinst du? Soll ich Holger noch eine SMS schreiben? Oder soll ich lieber stolz bleiben und warten?«

Kim antwortete nicht. Sie hatte überhaupt nicht zugehört und starrte in eine andere Richtung.

»Hey!«, beschwerte sich Marie. »Ich hab dich was Wichtiges gefragt!«

Kim antwortete immer noch nicht. Langsam wurde Marie sauer, doch dann sah sie Michi. Er spazierte gerade zur Tür des Cafés herein! Da war sie als Freundin natürlich abgemeldet.

Jetzt sprang Kim auf und lief Michi entgegen. »Hi! Schön, dich zu sehen!«

Michi zuckte zusammen und murmelte bloß: »Hi …« Dann wollte er sich an Kim vorbeidrücken.

»Wo willst du denn hin?«, fragte Kim verwundert. »Setz dich doch zu uns. Marie ist auch da, wir sind wieder hinten in der Sofaecke.«

Michi schüttelte den Kopf und presste die Lippen aufeinander. »Nein, danke.«

Kim verstand die Welt nicht mehr. Was war nur mit ihm los? Hatte er heute kein Lächeln, kein einziges nettes Wort für sie? So dermaßen verschlossen und abweisend hatte sie ihn noch nie erlebt. »Ist irgendwas passiert?«, fragte sie erschrocken.

Michi schüttelte wieder stumm den Kopf.

Kim wurde immer unruhiger. »Bitte, sag mir doch endlich, was los ist! Hab ich irgendwas falsch gemacht? Hast du meine SMS nicht bekommen? Warum hast du dich nicht gemeldet?«

Michi antwortete auf keine ihrer Fragen. Stattdessen verschränkte er die Arme vor der Brust und murmelte: »Ich hab keine Zeit mehr, ich muss gehen.«

»Aber du bist doch gerade erst gekommen!«, rief Kim, die ihn um jeden Preis aufhalten wollte, um herauszufinden, was passiert war.

Aber Michi ließ sich nicht aufhalten. Er drehte sich wortlos um, ohne einen Abschiedsgruß, und flüchtete aus dem Café.

Als die Tür hinter ihm zufiel, vergrub Kim ihr Gesicht in den Händen und stöhnte auf. Von einer Sekunde zur nächsten war ihr ganzes Glück zerbrochen, und das Schlimmste war: Sie wusste nicht mal, warum und wieso.

Da war Marie auch schon bei ihr und führte sie langsam zurück zum Sofa. »So, setz dich erst mal. Du bist ja ganz durcheinander. Was hat Michi dir denn erzählt?«

Kim hob den Kopf, in ihren Augen schimmerten Tränen. »Nichts«, sagte sie. »Das ist es ja. Er wollte nicht mit mir reden, und sehen wollte er mich auch nicht. Wahrscheinlich will er mich nie mehr sehen. Es ist aus, für immer!«

Marie strich ihr tröstend übers Haar. »Nein, das glaube ich nicht. Dazu mag er dich viel zu sehr.«

»Aber warum stößt er mich dann plötzlich weg?«, fragte Kim.

Marie sah die Verzweiflung in ihren Augen und suchte nach einer Antwort, aber leider fiel ihr beim besten Willen keine ein. Sie war genauso ratlos wie Kim.

Ein Chef auf der Flucht

Am Montagnachmittag, als sich die drei !!! vor der Werkstatt von Maries Vater trafen, ging es Kim immer noch schlecht. Auch Marie war sichtlich angeschlagen, die Ereignisse der letzten Tage waren eindeutig zu viel für sie gewesen. Nur Franzi war als einzige der Detektivinnen gut drauf und strotzte nur so vor Unternehmungslust.

»Jetzt bin ich aber gespannt«, sagte sie, »was wir gleich erfahren werden! Ich finde Autos und Werkstätten ja sowieso total aufregend.«

»Hmm …«, sagte Kim, die nur einen Gedanken hatte: den Termin so schnell wie möglich hinter sich zu bringen.

Marie ging es ähnlich. »Also!«, sagte sie, um sich selber aufzuraffen, »dann wollen wir mal!«

Die Kfz-Werkstatt war klein und fast ein bisschen unscheinbar mit ihrem blauen, ausgeblichenen Putz an den Wänden. Trotzdem hatte sie sich in all den Jahren, in denen die großen, billigen Werkstätten wie Pilze aus dem Boden geschossen waren, halten können, wahrscheinlich durch besonders guten Service. Das schien ja auch der Grund für Maries Vater zu sein, dass er seiner Werkstatt immer noch die Treue hielt.

Neben dem Büro gab es eine kleine Werkzeughalle. Durch das offene Tor drangen Maschinengeräusche. Da sonst niemand zu sehen war, beschlossen die drei !!!, einfach in die Halle hineinzugehen. Innen sahen sie ein knallrotes Auto, das aufgebockt war und an dem ein etwa zwanzigjähriger

blonder Mechaniker im Blaumann gerade herumschraubte. Im Hintergrund stand ein metallicfarbener Kombi, um den sich ein weiterer Mechaniker kümmerte.
Franzi ging entschlossen auf den blonden Mechaniker zu. »Entschuldigen Sie bitte! Wir suchen den ältesten Mitarbeiter hier. Können Sie mir sagen, wo ich den finde?«
Der blonde Mechaniker kratzte sich mit dem Schraubenzieher an der mit Öl verschmierten Stirn. »Was? Der Älteste hier? Na, das bin ich!«
Sein Kollege, der höchstens ein, zwei Jahre mehr auf dem Buckel haben konnte, sah hinter dem Kombi hervor und lachte. »Quatsch, das bin ich!«
Die beiden lachten sich schlapp über den schlechten Witz.
»Ja, klar«, sagte Kim. »Aber jetzt mal im Ernst. Können Sie uns weiterhelfen? Ist Ihr Chef vielleicht der Älteste hier?«
Der blonde Mechaniker grinste. »Ihr seid aber ganz schön neugierig. Warum wollt ihr das denn wissen?«
»Das würden wir gerne demjenigen erzählen, den wir suchen«, antwortete Marie so entschieden, dass der Mechaniker aufhörte zu grinsen.
»Na schön«, sagte er endlich. »Der Chef ist drüben im Büro. Da war er zumindest vor zehn Minuten, als ich das letzte Mal mit ihm gesprochen habe.«
Kim lächelte ihn an. »Vielen Dank für Ihre Hilfe!«
Als die drei !!! die Halle verließen, hörten sie, wie die beiden Mechaniker schon wieder lachten. Offenbar hielten sie sie für ein paar harmlose kleine Mädchen, und das war auch gut so, dann wunderten sie sich wenigstens nicht.
Die Tür zum Büro, an der ein Namensschild mit der Auf-

schrift »Brenner« befestigt war, stand offen. Trotzdem klopfte Franzi kurz an. Als sich nichts rührte, gingen die Detektivinnen einfach hinein. Der kleine Raum war total verqualmt. Auf dem Schreibtisch stand ein Aschenbecher, der vor lauter Zigarettenstummeln fast überquoll. Und hinter dem Schreibtisch stand ein etwa fünfzigjähriger Mann mit kurzen schwarzen Haaren und starkem Bartwuchs, der sich gerade eine neue Zigarette anzündete. Kim unterdrückte ein Husten und Franzi rümpfte angeekelt die Nase.

»Was wollt ihr denn hier?«, fragte der Mann unfreundlich. »Habt ihr euch verlaufen?«

Marie schüttelte den Kopf. »Nein, wir wollten Ihnen ein paar Fragen stellen. Sie sind Herr Brenner, der Chef der Werkstatt, nicht wahr?«

Der Mann sah sie misstrauisch an. »Ja, wieso?«

»Es geht um meine Mutter, Frau Grevenbroich«, redete Marie schnell weiter. »Vielleicht erinnern Sie sich an sie. Sie ist vor vielen Jahren bei einem tragischen Autounfall ums Leben gekommen.«

Plötzlich nahm Herr Brenner seine Zigarette aus dem Mund, drückte sie im Aschenbecher aus und sagte hastig: »Ich hab keine Zeit. Muss zu einem Kunden …«

Die drei !!! sahen ihn sprachlos an. Was war denn mit dem los?

Herr Brenner griff nach seiner Jacke, nahm den Autoschlüssel vom Tisch und quetschte sich an den Detektivinnen vorbei. In der Tür drehte er sich noch einmal um und sagte: »Was steht ihr noch rum? Hier gibt es nichts zu sehen. Geht nach Hause!« Und schon war er weg.

Kim, Marie und Franzi starrten ihm ungläubig hinterher und dachten alle dasselbe: Der hat doch was zu verbergen!
»Nicht mit mir!«, zischte Franzi wütend und rannte ihm blitzschnell hinterher. Sie erwischte ihn gerade noch, als er in seinen alufarbenen Golf einsteigen und die Autotür zuschlagen wollte. Franzi hinderte ihn daran, indem sie die Tür einfach festhielt. »Warten Sie! Es ist wirklich dringend. Wir müssen mit Ihnen reden – jetzt!«
Herr Brenner verzog verärgert die Mundwinkel. Dann stöhnte er: »Na gut! Ich komm ja schon. Wenn es wirklich so dringend ist.«
Damit hatte Franzi nicht gerechnet, aber sie ließ es sich nicht anmerken. »Danke, das ist echt nett von Ihnen.«
Herr Brenner stieg umständlich aus dem Wagen, sperrte ihn ab und ging zurück zum Büro. Er bot den Detektivinnen einen Platz an, quetschte sich selber hinter seinen Schreibtisch und brummelte: »Wisst ihr, ich rede nicht gern über die Sache von damals. Ich finde, man sollte die Toten ruhen lassen.«
Die drei !!! tauschten einen kurzen Blick. Deshalb war er also plötzlich so panisch vor ihnen geflüchtet.
Herr Brenner war sein Verhalten jetzt selber ein bisschen peinlich, deshalb versuchte er schnell davon abzulenken. »Frau Grevenbroich war deine Mutter, sagst du?«
Marie nickte. »Ja, ich bin übrigens Marie, und das sind meine Freundinnen Kim und Franzi. Ich würde gern wissen, was damals passiert ist. Es lässt mir einfach keine Ruhe, und mein Vater erzählt so wenig. Sie kannten also meine Mutter? War sie öfter bei Ihnen in der Werkstatt?«

»Ja«, antwortete Herr Brenner, während er mit seinem Feuerzeug herumspielte. »Eine sympathische Frau, wirklich, immer nett und freundlich. Jammerschade, dass sie so früh sterben musste.«

»Wenn es Ihnen nichts ausmacht«, sagte Kim, »würden wir gerne gleich zur Sache kommen. In einem Zeitungsartikel von damals haben wir gelesen, dass die Bremsen ihres Wagens ausgefallen sind. Wissen Sie, warum?«

Herr Brenner strich sich seufzend über seine schwarzen Bartstoppeln. »Hmm … ja, ich denke schon.« Plötzlich sah er die Detektivinnen wieder misstrauisch an. »Ihr wollt damit aber nicht zur Polizei gehen und denen alles brühwarm erzählen, oder?«

»Natürlich nicht«, versicherte Franzi ihm. »Außerdem ist die Sache doch sowieso schon verjährt.«

Herr Brenner seufzte noch einmal, diesmal erleichtert. »Ich habe nämlich damals der Polizei nichts davon erzählt, nur Herrn Grevenbroich. Ich wollte es nicht an die große Glocke hängen, es hätte ja sowieso nichts mehr geändert.«

Marie hing gebannt an seinen Lippen. Ihr Mund war plötzlich ganz trocken, und ihr Herz klopfte schneller. Was wusste er wirklich? Was würde er ihnen gleich erzählen?

»Also«, sagte Herr Brenner. »Deine Mutter hatte ihren Wagen ungefähr drei Wochen vor dem Unfall zu mir in die Werkstatt gebracht, weil die Scheibenwischer nicht richtig funktionierten. Das Problem war schnell behoben, und bei der Gelegenheit habe ich gleich noch einen kurzen Check gemacht und festgestellt, dass die Bremsbeläge schon ziemlich abgefahren waren. Das hab ich deiner Mutter auch

gesagt und sie gebeten, die Beläge so bald wie möglich erneuern zu lassen.«
»Und? Hat sie es getan?«, fragte Marie leise und ahnte bereits die Antwort.
Herr Brenner schüttelte den Kopf. »Nein, sie hat mir zwar hoch und heilig versprochen, das Auto bald vorbeizubringen, aber sie hatte es sehr eilig an dem Tag und ist schnell davongefahren. Ich fürchte, sie hat es einfach vergessen. Das war nämlich das letzte Mal, dass ich sie gesehen habe.«
Marie suchte unter dem Tisch nach Kims Hand und drückte sie. Es war also kein Selbstmord gewesen! Erst jetzt merkte sie, wie sehr diese Last auf ihr gelegen und sie bedrückt hatte. Ein riesengroßer Stein fiel ihr vom Herzen.
Alle schwiegen, weil sie die neue Nachricht erst mal verdauen mussten.
»Hinterher habe ich mir große Vorwürfe gemacht«, sagte Herr Brenner. »Ich hätte sie noch mehr warnen müssen oder sie gar nicht erst losfahren lassen dürfen mit diesen halb kaputten Bremsbelägen.«
»Nein«, sagte Marie. »Sie trifft keine Schuld. Meine Mutter hätte selber daran denken müssen.«
Plötzlich fiel Franzi etwas ein. »Hat deine Tante nicht erzählt, dass deine Mutter ziemlich chaotisch und vergesslich war?«
»Ja!«, sagte Marie und erinnerte sich wieder ganz deutlich daran. »Das stimmt.« Dann fügte sie traurig hinzu: »Das war ihre einzige Schwäche, und ausgerechnet die ist ihr zum Verhängnis geworden.«

Der Engel am Grab

Nebelschwaden zogen über den Friedhof, Krähen flogen über die Gräber hinweg und krächzten heiser. Kein Mensch war unterwegs an diesem frühen Februarnachmittag auf den säuberlich geharkten Kieswegen. Der Friedhof lag verlassen da. Marie blieb zögernd am Eingangstor stehen. Plötzlich hatte sie Angst, über die Schwelle zu treten und zurück in die Vergangenheit zu gehen, zu ihrer Mutter. Heute war ihr Todestag, und sie hatte extra einen kleinen Strauß Nelken gekauft, die Lieblingsblumen ihrer Mutter.
Am liebsten wäre sie sofort wieder umgekehrt und davongerannt. Aber was hätte das genützt? Vor ihrer Traurigkeit konnte sie nicht weglaufen, die nahm sie überallhin mit, genauso wie die Einsamkeit. Noch nie in ihrem Leben hatte sie sich so einsam gefühlt. Immer noch hatte sie nicht mit ihrem Vater gesprochen, weil er die letzten Tage dauernd beruflich unterwegs gewesen war. Er hatte auch nicht mehr über den Todestag gesprochen, als ob es ihn gar nicht geben würde.
Marie schluckte. Dann gab sie sich einen Ruck. Ihr Vater wollte die Erinnerung verdrängen, aber sie würde es nicht genauso wie er machen. Außerdem würde ihre Mutter sich bestimmt über die Blumen freuen. Der erste Schritt fiel Marie am schwersten, aber die nächsten waren schon ein bisschen leichter. Langsam lief sie die Reihen der Gräber entlang. Den Weg kannte sie zum Glück, obwohl sie nur ein paarmal zusammen mit ihrem Vater hier gewesen war.

Nachdem sie einmal rechts und zweimal links abgebogen war, kam sie zum älteren Teil des Friedhofs. Dort wuchsen viele alte Bäume: Buchen, Eichen und Kastanien. Im Sommer sahen sie wunderschön aus mit ihrem dichten, dunkelgrünen Blätterdach, doch jetzt im Februar ragten die kahlen Äste wie Skelettarme in den Himmel.
Auf den letzten Metern wurde Marie noch langsamer. Dann war sie am Ziel: Das Grab ihrer Mutter war sehr schlicht und nur mit ein paar Stiefmütterchen bepflanzt. Es gab keinen Grabstein, dafür ein Holzkreuz mit ihrem Namen und daneben einen kleinen Engel aus Stein, der schützend seine Arme über der Toten ausbreitete.
»Hallo, Mama«, flüsterte Marie. Dann bückte sie sich und legte die Nelken aufs Grab. Der Geruch nach kalter, feuchter Erde stieg ihr in die Nase. Sofort wurde ihr auch eiskalt. Die Kälte kroch von ihren Füßen hoch bis hinauf zu den Knien und weiter hoch, bis sie bei ihrem Herzen angelangt war. Marie konnte nicht weinen, obwohl sie es gerne getan hätte. Ihr Herz verkrampfte sich immer mehr.
»Mama«, flüsterte sie, »warum musstest du so früh gehen? Ich hätte dich so gern kennengelernt, ich bräuchte dich so: heute!«
Sie bekam keine Antwort, nur der Engel lächelte stumm und schien sie mit seinen sanften Augen trösten zu wollen. Marie betrachtete wehmütig seine steinernen Flügel. Wenn sie doch wenigstens hätte fliegen können! Dann würde sie so lange fliegen, bis sie hinauf zu dem Ort im Himmel kam, wo ihre Mutter jetzt war. Ob es dort auch so still war wie hier auf dem Friedhof?

Während sie noch darüber nachdachte, hörte sie plötzlich Stimmen und zuckte zusammen. Oh nein! Warum musste ausgerechnet jetzt jemand kommen und sie stören? Die Stimmen kamen immer näher, es waren ein Mann und eine Frau. Und plötzlich erkannte Marie die Stimme des Mannes: Es war ihr Vater! Sie wollte weglaufen, aber ihre Beine waren wie gelähmt. Sie konnte sie keinen Millimeter von der Stelle bewegen. Da bogen ihr Vater und die Frau auch schon um die Ecke und kamen auf sie zu. Marie erstarrte: Die Frau war niemand anders als die Floristin!

»Marie!«, rief Herr Grevenbroich. »Was machst du denn hier?«

Marie suchte nach einer Antwort, nach irgendwelchen Worten, aber stattdessen stiegen ihr die Tränen in die Augen.

»Prinzessin!«, sagte ihr Vater. »Wenn ich gewusst hätte, dass du auch zum Grab willst, hätte ich …«

Sein Gesicht verschwamm vor Maries Augen. Die Tränen liefen ihr jetzt in Strömen über das Gesicht.

»Hallo, Marie«, sagte die Floristin leise. »Ich bin gleich weg.«

Sie bückte sich und legte einen großen Kranz aus Nelken, Gerbera und roten Rosen auf das Grab. Schnell zupfte sie noch die dunkelblaue Schleife zurecht, auf der »Meiner geliebten Frau« stand, dann erhob sie sich, verabschiedete sich und ging davon.

Marie blieb mit ihrem Vater alleine am Grab zurück. Plötzlich hatte sie wieder eine riesige Wut im Bauch, auf ihren Vater und auf seine neue Freundin. Und endlich fand sie die Worte, die sie schon so lange hatte sagen wollen. Wie ein Sturzbach schossen sie aus ihr heraus: »Warum redest du so selten von Mama? Warum willst du dich nicht an sie erinnern? Warum hast du mir nicht gesagt, dass sie Krebs hatte? Das weiß ich erst von Tante Florentine. Mama fehlt mir so, und ich hab doch nur noch dich! Nur du kannst mir von ihr erzählen. Warum hast du mir nichts von dem Unfall gesagt und den Bremsen? Dass sie vergessen hat, das Auto in die Werkstatt zu bringen? Warum redest du überhaupt so selten mit mir? Von deiner neuen Freundin hast du mir auch nichts erzählt, dabei schreibst du ihr schon glühende Liebesbriefe, dass du mit ihr leben willst, für immer! Ich hab den Brief zufällig in deinem Kriminalistik-Buch gefunden. Hast du dabei eigentlich eine Sekunde auch mal an mich gedacht? Was dann aus mir wird, wenn sie bei uns einzieht?«

Herr Grevenbroich legte den Arm um Marie und zog sie an seine Brust. »Prinzessin, Liebes, ich denke dauernd an dich, ich liebe dich! Aber du hast dich geirrt, ich habe keine neue Freundin!«

Marie löste sich aus seiner Umarmung und sah ihn mit blitzenden Augen an. »Ich hab doch gesehen, wie ihr geflirtet habt, im Blumenladen! Wie ihr euch gegenseitig mit sehnsüchtigen Blicken verschlungen habt.«

»Nein, nein!«, rief Herr Grevenbroich. »Das ist ein Missverständnis. Ich kenne die Floristin, ja, das stimmt, aber ich bin nicht mit ihr zusammen, wirklich, das musst du mir glauben. Sie war eine gute Freundin deiner Mutter und sie hat mir bloß geholfen, einen besonders schönen Kranz für den Todestag deiner Mutter zusammenzustellen.«

»Aber was ist mit dem Liebesbrief?«, fragte Marie. »Der war also nicht für die Floristin bestimmt?«

Herr Grevenbroich schüttelte den Kopf. »Nein, der war …«
Bevor ihr Vater den Satz beendete, kam Marie auf einmal ein schrecklicher Verdacht. »Der war für eine andere Frau, die du liebst! Gib's zu, ich werde es sowieso herausfinden.«
»Nein!«, sagte Herr Grevenbroich. »Es ist alles ganz anders, als du denkst. Hör mir bitte zu: Das ist ein alter Brief, den habe ich geschrieben, als ich noch sehr jung war, als du noch lange nicht auf der Welt warst und ich mich gerade frisch verliebt hatte: in deine Mutter!«
Marie starrte ihren Vater an. Log er sie die ganze Zeit an, oder stimmte es, was er sagte? Konnte es wirklich sein, dass sie sich getäuscht hatte und die Frau aus dem Blumenladen gar nicht seine Freundin war?
»Prinzessin …«, sagte Herr Grevenbroich leise und sah sie liebevoll an. »Du musst mir glauben. Ich würde dich nie anlügen. Seit deine Mutter gestorben ist, habe ich nie wieder eine Frau so geliebt wie sie. Und der wichtigste Mensch in meinem heutigen Leben, das bist du, nur du alleine!«
Jetzt musste Marie schon wieder heulen, aber diesmal vor Glück. Sie fiel ihrem Vater um den Hals und schluchzte: »Ich bin so froh, so froh, so froh! Aber du musst mir alles erzählen von ihr, von meiner Mutter. Ich will alles wissen.«
»Versprochen!«, sagte Herr Grevenbroich. »Zu Hause erzähle ich dir alles haarklein, aber das sollst du jetzt schon wissen: Ich wollte dir nicht von der Krebserkrankung erzählen, weil ich dachte, dass es dich nur noch trauriger machen würde. Deine Mutter war trotzdem so voller Lebensfreude, sie wollte kämpfen gegen die Krankheit. Sie hatte neue Hoffnung, sie

wollte zu einem Heilpraktiker gehen und hatte bereits einen Termin. Aber dann passierte der schreckliche Unfall. Ja, es stimmt: Sie hatte vergessen, das Auto zur Werkstatt zu bringen, um die Bremsbeläge erneuern zu lassen. Und dann haben die Bremsen versagt. Das war Schicksal. Wir können nichts dagegen machen, wir müssen es so annehmen, wie es ist. Glaub mir, das fällt mir auch wahnsinnig schwer.«

»Schicksal …«, murmelte Marie und musste plötzlich an das »Rad des Schicksals« aus dem Tarot denken. Wenn man diese Karte zog, bedeutete das, dass die Zeit reif war für den ganz persönlichen Schicksalsweg. Aber der sah oft anders aus, als man es sich vorher vorgestellt hatte, und konnte auch Leid und Schmerz für einen selbst und die Menschen, die man liebte, beinhalten.

»Und warum willst du dir das alte Album mit den Fotos von Mama so selten ansehen?«, fragte Marie.

Herr Grevenbroich seufzte. »Ich würde es mir am liebsten dauernd ansehen, und gerade deshalb verkneife ich es mir. Weißt du, ich lebe oft in der Vergangenheit, manchmal denke ich, fast zu sehr.«

»Nein!«, sagte Marie. »Das stimmt nicht. Wir müssen viel öfter über Mama reden und an sie denken. Versprichst du mir das?«

Herr Grevenbroich lächelte. In seinem rechten Auge glitzerte eine Träne, als er leise antwortete: »Ja, das verspreche ich dir.«

»Das ist ja wunderbar!«, rief Kim. »Ich freu mich so für dich, Marie, dass du dich endlich mit deinem Vater ausgesprochen hast.«
Franzi nickte. »Das wurde aber auch höchste Zeit! Ich dachte schon, ich muss ihn mir persönlich vorknöpfen und mal ein ernstes Wörtchen mit ihm reden, damit er kapiert, was er dir angetan hat.«
Marie sah zwischen ihren Freundinnen hin und her und seufzte glücklich. Plötzlich war die Welt wieder schöner. Ihr war zwar immer noch wehmütig zumute, wenn sie an ihre Mutter dachte, aber gleichzeitig war es auch ein tiefes, friedliches Gefühl, ganz anders als früher. Endlich konnte sie den Alltag wieder genießen, mit Franzi und Kim gemütlich im *Café Lomo* sitzen, reden und Cola trinken.
»Siehst du!«, sagte Kim. »Jetzt ist doch noch alles gut ausgegangen. Offen gestanden, hätte ich nie gedacht, dass wir unseren schwierigsten Fall so schnell lösen würden.«
»Ich auch nicht«, gab Franzi zu.
Marie saugte an ihrem Strohhalm und lächelte dabei ihre Freundinnen verschmitzt an. »Dann kann ja auch Kommissar Peters wieder ruhig schlafen. Am besten rufe ich ihn nachher gleich an und erzähle ihm von unseren erfolgreichen Ermittlungen.«
»Tu das«, sagte Kim. »Sonst steht er womöglich eines Tages persönlich bei uns auf der Matte und stellt uns lauter unangenehme Fragen.«

Marie nickte. »Dann können wir uns ja wieder voll und ganz auf die wichtigen Dinge im Leben konzentrieren: auf die Liebe und den Valentinstag.«

Sofort wurde Franzi hellhörig. »Gibt es irgendwas, das wir noch nicht wissen? Sag bloß, du hast Holger getroffen? Bist du etwa mit ihm zusammen?«

Marie schüttelte den Kopf. »Träum weiter! Nein, das wär zu schön, um wahr zu sein. Aber ich hab mir gedacht, dass man manchmal dem eigenen Glück ein bisschen auf die Sprünge helfen oder ihm zumindest eine Chance geben muss. Und deshalb hab ich einen wichtigen Schritt gemacht und meinen Stolz überwunden.«

»Jetzt erzähl doch schon!«, drängte Kim. Ihre Neugier war so groß, dass sie sogar den leckeren Schoko-Muffin, von dem sie gerade hatte abbeißen wollen, zurück auf ihren Teller legte.

»Also«, sagte Marie, »ich war im Blumenladen bei der Floristin und hab mich bei ihr entschuldigt, weil ich sie ungerechterweise verdächtigt habe. Sie war zum Glück nicht sauer.«

Franzi stöhnte. »Jetzt komm doch endlich auf den Punkt!«

»Ja, ja, sofort!«, rief Marie. »Ich habe das getan, was man eben so tut, wenn man einem Jungen sagen möchte, dass man ihn verdammt nett findet. Ich habe Holger eine rote Rose und eine Valentinskarte geschickt.«

»Nein!«, riefen Kim und Franzi wie aus einem Mund.

»Und was hast du auf die Karte geschrieben?«, wollte Franzi wissen.

Marie lächelte. »Nicht viel. Nur: ›Lieber Holger, alles Liebe zum Valentinstag, ich denk an dich, deine Marie.‹«

Kim pfiff durch die Zähne. »Die Botschaft ist eindeutig. Mensch, du bist aber mutig! Ich weiß nicht, ob ich mich das an deiner Stelle getraut hätte.«
Auch Franzi nickte anerkennend. »Super! Das war die richtige Entscheidung. Ich drück dir die Daumen, dass es klappt mit euch beiden.«
»Danke«, sagte Marie. Während Kim genüsslich in ihren Muffin biss, redete sie weiter: »Aber ihr tut so, als wäre ich die Einzige hier, die verliebt ist. Ihr habt euch doch sicher auch schon Überraschungen zum Valentinstag überlegt für eure Liebsten, oder?«
Kim und Franzi tauschten einen kurzen Blick und verstummten plötzlich.
»Hey, was ist denn los?«, fragte Marie. »Franzi! Stimmt irgendwas nicht zwischen dir und Benni? Habt ihr euch gestritten?«
Franzi druckste herum: »Nein … gestritten nicht, aber …«
»Was ist es dann? Liebst du ihn nicht mehr?«, hakte Marie nach.
Franzi ließ sich jedes einzelne Wort aus der Nase ziehen. Erst nachdem Kim auch zweimal nachgefragt hatte, rückte sie mit der Sprache heraus: »Benni ist so anstrengend. Er liest mir jeden Wunsch von den Augen ab und verwöhnt mich total, jedes Mal, wenn wir uns sehen.«
»Aber das ist doch toll«, warf Kim ein und merkte, dass sie ein bisschen neidisch auf Franzi war. »Warum genießt du es nicht einfach?«
Franzi seufzte. »Weil er maßlos übertreibt. Ich weiß gar

nicht mehr, wohin mit den ganzen Geschenken, mit denen er mich überhäuft. Er stellt mich auf einen Sockel und betet mich an. Ich komme mir nicht mehr vor wie ein normales Mädchen, sondern wie ein Übermensch, eine perfekte Statue oder so. Ich bin aber keine Statue, sondern ein Mädchen aus Fleisch und Blut, mit Fehlern und Macken und Schwächen.«

Marie grinste. »Jetzt übertreibst du aber. So viele Macken hast du auch wieder nicht.«

Franzi verdrehte die Augen. »Versteht ihr nicht, was ich meine? Ich halte das nicht mehr aus, aber ich weiß nicht, was ich tun soll.«

»Liebst du Benni noch?«, fragte Kim.

»Ja, schon«, sagte Franzi. »Aber so wie es jetzt ist, kann es nicht weitergehen. Habt ihr nicht irgendeinen Tipp für mich?«

Kim und Marie sahen sich an und hoben beide hilflos die Schultern. »Ich fürchte, es gibt nur einen Weg«, sagte Marie schließlich. »Du musst mit ihm darüber reden. Von selbst wird er kaum draufkommen, was dich bedrückt.«

Franzi raufte sich die roten Haare. »Na toll! Ich muss mal wieder den ersten Schritt machen. Warum kann mir das keiner abnehmen?«

»Weil das in der Liebe leider so ist«, sagte Kim lächelnd. »Man muss für sein Glück kämpfen.«

Marie stupste sie in die Seite. »Und? Was ist mit dir? Kämpfst du auch um deinen Michi?«

Sofort hörte Kim auf zu lächeln. »Das würde ich ja gern, aber er gibt mir keine Chance dazu. Ich hab ihm schon total viele

SMS geschickt und x-mal auf seine Mailbox gequatscht, aber er meldet sich nicht, er stellt sich einfach tot.«

»Merkwürdig«, sagte Franzi. »Das passt gar nicht zu ihm. Was ist bloß in ihn gefahren? Hat er eine Gehirnwäsche hinter sich oder so was Ähnliches?«

»Keine Ahnung!«, sagte Kim. »Vielleicht hab ich ja irgendwas falsch gemacht, hab ihn gekränkt und es nur nicht gemerkt.«

Marie wickelte eine ihrer blonden Haarsträhnen um den Finger. »Nein, das glaube ich nicht. Du musst nicht die Schuld bei dir suchen. Irgendwas ist faul an der ganzen Sache. Wahrscheinlich ist alles nur ein dummes Missverständnis.«

»Hoffentlich«, sagte Kim. In Wirklichkeit glaubte sie nicht daran. Von Tag zu Tag bohrte sich ein schrecklicher Verdacht wie ein Stachel in ihr Herz. Michi fand sie doch nicht hübsch genug oder zu jung und kindisch. Und er hatte ein anderes, tolleres Mädchen getroffen und sich sofort in sie verliebt. Klar, dass sie dann bei ihm abgeschrieben war.

»Komm!«, sagte Franzi. »Nimm es doch nicht so schwer. Das renkt sich bestimmt wieder ein, du wirst sehen.«

Kim lächelte und versuchte tapfer zu sein, obwohl ihr total elend zumute war. Schnell beugte sie sich über ihren Teller und stopfte sich den Rest des Muffins in den Mund. Er war köstlich süß wie immer und zerging auf der Zunge, aber trotzdem schmeckte er ihr nicht.

»So kann es nicht weitergehen!«, sagte Marie, die es nicht ertrug, dass Kim und Franzi so schlecht drauf waren, jetzt, wo es ihr selber endlich wieder besser ging. »Es hat doch keinen Sinn, hier herumzusitzen wie sieben Tage Regenwetter. Was haltet ihr davon, wenn wir noch eine Runde shoppen gehen?«

»Weiß nicht«, sagte Franzi, die im Moment zu gar nichts Lust hatte.

Auch Kim war nicht gerade begeistert von der Idee. »Können wir das nicht auf ein andermal verschieben?«

»Kommt nicht infrage!«, sagte Marie entschlossen. »Mein Vater hat mir heute Extra-Taschengeld spendiert, das reicht locker für uns drei. Ihr dürft euch was aussuchen, was ihr schon immer mal haben wolltet.«

Kim und Franzi sahen ein, dass sie gegen Maries Unternehmungslust nicht ankamen, und gaben schließlich ihren Widerstand auf.

»Okay«, sagte Kim. »Aber nur eine Stunde. Dann will ich nach Hause und Tagebuch schreiben.«

Marie winkte der Bedienung zum Zahlen und grinste. »Dein Tagebuch läuft dir schon nicht weg. Also los, keine Müdigkeit vorschützen!«

Eine halbe Stunde später, als die drei Freundinnen sich im großen Kaufhaus der Innenstadt die neuesten Modetrends ansahen, hatte Kims und Franzis Laune sich bereits sichtlich aufgehellt. Kim entdeckte einen süßen Fransenschal aus schwarzer Wolle mit silbernen Glitzerstreifen, und Franzi fand eine flippige Uhr, die gar nicht teuer war und die man auch beim Sport und unter Wasser tragen konnte.

»Na also«, sagte Marie zufrieden, die sich längst für eine rosafarbene Seidenbluse entschieden hatte. »Wo ist die Kasse?«

Kim sah sich suchend um. Da tippte ihr plötzlich jemand von hinten auf die Schulter. »Die Kasse ist da drüben.«
Kim drehte sich überrascht um. Vor ihr stand Lena, ein Mädchen aus dem Jugendzentrum, die auch bei der Reise nach Paris dabei gewesen war. Die drei !!! fanden sie eher nervig, weil sie dauernd entweder auf ihrer Gitarre herumklimperte oder darüber redete, wie toll Gitarrespielen war. Die Begeisterung, sie zu treffen, hielt sich also bei den Detektivinnen in Grenzen.
»Was machst du denn hier?«, fragte Kim, um wenigstens höflich zu sein.
»Dasselbe wie ihr: shoppen natürlich!«, antwortete Lena. Dann grinste sie Kim an und sagte: »Übrigens tausend Dank noch mal für das tolle Foto, das du mir geschickt hast! Das ist ja echt zum Schießen.«
»Welches Foto?«, fragte Kim, die sich beim besten Willen nicht erinnern konnte, Lena ein Foto geschickt zu haben.
Lena gab ihr einen spielerischen Stoß in die Rippen. »Na, du weißt schon: das Foto, wo du in einer ziemlich eindeutigen Situation zu sehen bist, mit Robin!«
Kim schwante plötzlich etwas. Etwas absolut Schreckliches, was aber überhaupt nicht sein konnte …
Lena amüsierte sich immer noch köstlich. Jetzt machte sie auch noch laute Knutschgeräusche und verdrehte dabei die Augen. »Echt tolles Kussfoto! Falls du wieder mal so was auf Lager hast, kannst du es mir gern schicken.«
Kim war so geschockt, dass sie kein einziges Wort herausbrachte. Lena, die sich sowieso am liebsten selbst reden hörte, schien das zum Glück nicht weiter zu stören. Sie klopfte

Kim noch mal auf die Schulter und sagte: »Also dann, man sieht sich! Bis bald mal wieder im Jugendzentrum.«
Kim nickte stumm. Doch dann fiel ihr plötzlich siedend heiß etwas ein. »Warte! Wann hast du das Foto bekommen?«
Lena kratzte sich an der Stirn. »Hmm … lass mich nachdenken. Ach, jetzt weiß ich's wieder: gestern vor einer Woche, am Donnerstag. Aber das müsstest du doch eigentlich selber wissen.«
»Klar«, schwindelte Kim. »Ich wollte nur sichergehen, weil ich Probleme mit meinem E-Mail-Programm hatte.«
»Ach so«, sagte Lena. »Na gut. Also, tschüss!«
Kim starrte ihr nach, bis sie im Gewühl der anderen Kunden verschwunden war.
»Was sollte das denn jetzt?«, fragte Marie. »Was wollte die Zicke von dir?«
Kim konnte immer noch nicht reden. Ihr wurde abwechselnd heiß und kalt. Wie um Himmels willen hatte Lena das Kussfoto bekommen? Hatte sie es ihr etwa selber in einem Augenblick völliger geistiger Umnachtung geschickt? Nein, das konnte nicht sein!
Da fing Franzi an zu kichern. »Sag bloß, Lena hat mein geniales Knutschfoto gemeint, das ich beim Shooting für die Foto-Lovestory von dir und Robin geknipst habe?«
Kim schluckte. »Ich fürchte, sie hat genau das gemeint.«
»Welches Knutschfoto?«, mischte sich Marie ein. »Das hab ich ja noch gar nicht gesehen! Du hast mir nur erzählt, wie schrecklich das Shooting mit Robin gewesen ist.«
»Musst du auch nicht unbedingt sehen«, sagte Kim. »Das Foto ist voll peinlich.«

Franzi kicherte noch mehr. »Von wegen peinlich! Kim hat geknutscht wie ein Weltmeister. Es sah absolut professionell aus.«
»Hör bloß auf!«, rief Kim. »Das waren die ekligsten Sekunden meines Lebens. Meinen ersten Kuss hab ich mir ganz anders vorgestellt.«
Marie runzelte die Stirn. »Eins versteh ich trotzdem nicht: Warum hast du dann das Foto an Lena geschickt?«
Kim stöhnte auf. »Das ist es ja: Ich hab es ihr nicht geschickt! Ich hab keine Ahnung, wie sie es bekommen konnte.«
»Das ist wirklich merkwürdig«, sagte Franzi. »Denk doch mal nach! Was war an dem Tag, als Lena das Foto gekriegt hat?«
Kim durchforstete ihr Gehirn und versuchte sich zu erinnern. Plötzlich fiel es ihr ein, und sie wurde blass. »Das war genau der Tag, als Michi sich plötzlich nicht mehr gemeldet hat! Aber das bedeutet ja … das heißt, es könnte sein, dass er das Foto auch bekommen hat! Das würde alles erklären, warum er so sauer auf mich ist und nicht mehr mit mir reden will.«
»Klingt logisch«, sagte Marie. »Jetzt müssen wir nur noch herausfinden, wer das Foto an die halbe Welt verschickt hat. Wo hast du die Daten gespeichert? Wer hatte noch Zugang dazu?«
»Keiner außer mir«, antwortete Kim. »Franzi hat mir sofort nach dem Shooting die Digicam und den Speicherchip zurückgegeben, und ich hab das Foto unter ›Diverses‹ auf meinem Computer abgespeichert.«
Franzi griff nach Kims Arm und wiederholte: »Auf deinem

Computer! Da kommen eigentlich nur zwei Menschen infrage, die sich daran vergreifen würden, oder?«
Plötzlich fiel es Kim wie Schuppen von den Augen. »Ben und Lukas!«, rief sie. »Nein, bitte nicht!«

Das große Geständnis

Geheimes Tagebuch von Kim Jülich
Freitag, 17:20 Uhr
Ab sofort habe ich die allerhöchste Sicherheitsstufe für dieses Tagebuch eingerichtet. Jetzt kann es keiner mehr öffnen, selbst Ben und Lukas nicht. Leider haben mich die Umstände zu dieser radikalen Lösung gezwungen.
Ich hasse meine Brüder, ich hasse sie, ich hasse sie!
Wie konnten sie mir das bloß antun? Sind sie völlig verrückt geworden? Alle ihre bisherigen Streiche waren harmlos dagegen, sogar die Sache mit dem Virus, aber was sie jetzt getan haben, werde ich ihnen bis an mein Lebensende nicht verzeihen, selbst wenn ich hundertzwanzig Jahre alt werden sollte. Sie haben damit mein Leben zerstört und meine große Liebe!
Erst konnte ich es nicht glauben, dass sie zu so etwas überhaupt fähig sein würden, aber es ließ mir keine Ruhe, ich musste es wissen. Sofort nachdem mir der schreckliche Verdacht gekommen war, hab ich mich von Marie und Franzi verabschiedet und bin nach Hause gerannt, so schnell wie noch nie.
Ben und Lukas waren in ihrem Zimmer und saßen scheinbar ganz brav über ihren Hausaufgaben. Sie haben mich total unschuldig angeguckt und erst mal alles abgestritten. Sie wüssten gar nicht, wovon ich reden würde. Ich würde mir das alles nur einbilden. Sie seien mal wieder an allem schuld, dabei hätten sie nichts getan, und so weiter und so weiter. Sie haben mir auch noch frech ins Gesicht gelogen! Erst als ich Lenas Namen erwähnt habe, sind sie in die Knie gegangen und haben alles

zugegeben. Ja, sie waren an meinem Computer gewesen, aber nur ganz kurz, um ein neues Spiel auszuprobieren. Dabei hätten sie »rein zufällig« (Wer's glaubt, wird selig!) meinen Foto-Ordner »Diverses« gefunden und das tolle Kussfoto. Und dann hätten sie die Idee gehabt, es zu verschicken, weil es doch so toll war, und nur aus Spaß. Fünf Minuten später wusste ich das komplette Ausmaß der Katastrophe: dass sie das Foto nicht nur an Lena, sondern auch an Michi und zwei andere Mädchen aus dem Jugendzentrum verschickt haben, die ich mal in einem E-Mail-Verteiler zusammengefasst hatte.
Ich kann es immer noch nicht fassen. »Nur aus Spaß!« haben sie es getan. Natürlich haben sie gleich gemerkt, dass ich megasauer bin, und haben sich tausendmal bei mir entschuldigt. Die lächerlichen Entschuldigungen können sie sich sparen! Dafür ist es jetzt sowieso viel zu spät.
Michi wird mir niemals glauben, wenn ich ihm die Geschichte erzähle. Er wird mir nicht mal zuhören, und selbst wenn er es tut, wird er denken, dass ich mich nur herauswinden will, um meinen Kuss mit Robin zu vertuschen. Tatsache ist, dass ich Robin geküsst habe, das Foto ist der eindeutige Beweis dafür! Warum hab ich bloß beim Casting zur Foto-Lovestory mitgemacht? Wenn ich nicht so hirnverbrannt, eitel und ehrgeizig gewesen wäre, wäre es nie so weit gekommen. Dann wäre ich jetzt wahrscheinlich glücklich mit Michi zusammen. Ich darf gar nicht daran denken. Wenn ich doch die Zeit zurückdrehen und noch mal ganz von vorne anfangen könnte! Michi, habe ich dich für immer verloren???

Eine halbe Stunde nachdem Kim den letzten Satz in ihr geheimes Tagebuch geschrieben hatte, klingelte Franzis Handy. Sie war gerade noch mit Marie zusammen und bummelte mit ihr und ihrer neuen Uhr am Handgelenk ein bisschen durch die Straßen, bevor sie sich später mit Benni treffen wollte. Das konnte eigentlich nur *eine* Anruferin sein! Schnell holte Franzi ihr Handy aus der Hosentasche und erkannte auf den ersten Blick Kims Festnetznummer. Genau wie sie vermutet hatte!
»Wie geht's dir, Kim?«, fragte sie aufgeregt. »Ist es wirklich so gewesen, wie du befürchtet hattest?« Stille in der Leitung.
»Kim? Bist du noch dran?«, fragte Franzi und warf Marie einen besorgten Blick zu. Hoffentlich war Kim nicht gerade in Ohnmacht gefallen!
Endlich räusperte sich jemand, dann sagte eine zittrige, unsichere Jungenstimme: »Franzi? Ich … wir … wir müssen mit dir reden.«
»Wer ist *wir*?«, fragte Franzi, obwohl sie es bereits ahnte.
»Ich bin's, Ben«, kam prompt als Antwort zurück. »Lukas ist neben mir. Das haben wir nicht gewollt – ehrlich! Kim ist so sauer, sie ist total ausgerastet.«
Jetzt nahm Lukas seinem Bruder den Hörer ab. »Sie hat uns aus dem Zimmer geschmissen und will uns nie wieder sehen. Wir haben uns entschuldigt und versprochen, dass wir es nie wieder tun, aber sie hat uns gar nicht zugehört und …«
»Langsam, langsam!«, unterbrach Franzi den Redeschwall der Jungen. »Noch mal ganz von vorne: Was habt ihr angestellt?«
Wieder Schweigen in der Leitung. Dann sagte Ben im Flüs-

terton: »Wir haben das Foto verschickt, an Lena und Michi und noch an zwei andere Mädchen.«
»Na toll!«, sagte Franzi und hatte Mühe, sich zu beherrschen. »Das habt ihr ja großartig hingekriegt. Und jetzt wundert ihr euch, dass Kim sauer ist? Komisch!«
»Nein …«, druckste Lukas herum. »Das war eine total blöde Idee. Aber wir wollen es wiedergutmachen!«
»Ja, genau!«, rief Ben. »Wir wollen was tun für Kim, damit sie nicht mehr sauer auf uns ist.«
Franzi dachte nach. Irgendwie taten ihr die beiden auch wieder leid. Sie hatten zwar eine extrem blöde Aktion gestartet, aber sie waren wirklich sehr zerknirscht darüber. Trotzdem wollte sie es ihnen nicht ganz so leicht machen. »Und warum ruft ihr da jetzt ausgerechnet mich an?«
»Du bist doch Kims Freundin«, sagte Lukas. »Maries Handynummer hatten wir leider nicht.«
Franzi seufzte. »Verstehe. Marie steht übrigens gerade neben mir. Und wir beide sollen euch also aus der Patsche helfen, oder wie?«
»Bitte!!!«, kam ein zweistimmiges Flehen aus dem Handy.
»Okay, okay«, sagte Franzi. »Marie und ich überlegen, ob uns was einfällt. Ruft mich noch mal in …«, sie sah auf ihre neue Armbanduhr, »… in etwa einer halben Stunde an, dann haben wir bestimmt einen Plan.«
»Danke, danke!«, riefen Ben und Lukas und legten auf.
Franzi steckte ihr Handy zurück in die Hosentasche und tippte sich mit dem Zeigefinger an die Stirn. »Diese Brüder sind wirklich unglaublich! Erst stellen sie den größten Blödsinn an, und hinterher tut es ihnen wieder leid. Sie wollen es

wiedergutmachen, dass sie das Kussfoto an Michi verschickt haben, und bitten uns um Hilfe.«

Marie pfiff durch die Zähne. »Ganz schön mutig! Wahrscheinlich haben sie echt Schiss davor, dass Kim nie wieder mit ihnen redet, und damit liegen sie sicher gar nicht so falsch. Arme Kim! Sie ist bestimmt todunglücklich. Wir müssen jetzt vor allem ihr helfen.«

»Stimmt«, sagte Franzi. »Aber vielleicht können uns ja die frechen Zwillinge dabei behilflich sein.«

»Wie denn?«, fragte Marie, die sich die beiden Rotznasen beim besten Willen nicht als sensible Vermittler in Sachen Liebe vorstellen konnte.

Franzi krauste die Stirn. »Hmm … warte. Kim und Michi müssen sich treffen, das ist schon mal klar. Sie gehören einfach zusammen, und es wird höchste Zeit, dass sie sich endlich küssen und glücklich miteinander werden. Also, sie müssen sich treffen, am besten am Valentinstag, und dann helfen wir Kim dabei, diese ganzen blöden Missverständnisse aufzulösen.«

»Genau!«, sagte Marie. »Aber freiwillig kommt Michi garantiert nicht zu so einem Treffen, so sauer, wie er im Moment auf Kim ist. Es sei denn …«, plötzlich hellte sich ihr Gesicht auf, »… es sei denn, er weiß nicht, dass Kim da sein wird!«

Franzi klatschte in die Hände. »Das ist es! Wir laden ihn zu einem Blind Date ein.«

»Nicht wir«, sagte Marie und grinste. »Das werden Ben und Lukas tun! Wir schicken sie als Boten zu Michi, damit er keinen Verdacht schöpft. Kim hat doch erst neulich erzählt,

dass er ihre Brüder noch nicht kennengelernt hat. Sie hatte wohl keine große Lust, sie ihm vorzustellen.«
»Kann ich verstehen«, sagte Franzi. »Ja, das ist genial! Jetzt müssen wir nur noch einen kleinen Brief für Michi aufsetzen, den die Zwillinge ihm bringen können.«
Marie zog Franzi kurz entschlossen ins nächste Internetcafé. Dort setzten sie sich an einen freien Platz und tippten drauflos. Kurz darauf war die Nachricht fertig ausgedruckt. Aufgeregt lasen Franzi und Marie sie noch einmal durch.

Hallo, Michi!
Lust auf ein Blind Date?
Ich würde gern mit dir reden. Leider kann ich meinen Namen nicht verraten, aber ich hoffe, du lässt dich davon nicht abschrecken. Ich habe Neuigkeiten für dich, die dich bestimmt brennend interessieren. Neugierig geworden? Dann komm am Valentinstag um 15 Uhr ins Café Lomo. *Sobald ich dich sehe, werde ich auf dich zugehen.*
Hoffentlich bis ganz bald!
Dein Date

»Also, wenn er darauf nicht anspringt, fress ich einen Besen«, sagte Franzi.
Marie kicherte. »Das würde ich zu gern sehen. Nein, Quatsch! Ich hoffe natürlich auch, dass er zum Blind Date kommt. Der Rest wird ein Kinderspiel.«
»Aber wir brauchen auf alle Fälle noch Beweismaterial«, sagte Franzi. »Am besten gestehen Ben und Lukas ihre Tat schriftlich, dann hat Michi es schwarz auf weiß.«

»Gute Idee«, sagte Marie. »Und kommt nicht auch am Valentinstag die Sonderausgabe der Mädchen-Zeitschrift mit der Foto-Lovestory raus?«
Franzi nickte. »Ich glaub schon. Gut, dann haben wir ja jede Menge zu tun. Kim müssen wir natürlich auch unter einem Vorwand ins *Café Lomo* locken, wegen eines außerplanmäßigen Clubtreffens oder so.«
»Kannst du das übernehmen?«, fragte Marie. »Ich hab gleich noch Schauspielunterricht.«
Franzi stöhnte. Kaum ging es Marie wieder besser, nervte sie schon wieder mit ihren tausend Terminen. Schnell warf Franzi einen Blick auf ihre Armbanduhr. Bis zu ihrem Treffen mit Benni hatte sie tatsächlich noch ein bisschen Zeit. »Na gut«, sagte sie schließlich. »Ich fahr schnell noch bei Kim vorbei.«
»Danke!«, sagte Marie. »Du bist ein Schatz.«
Franzi winkte ab, da klingelte ihr Handy. »Das sind die Zwillinge. Pünktlich auf die Minute. Jetzt können sie ihre Aktion wiedergutmachen.«

»Tut mir leid, ich bin zu spät!«, sagte Franzi, als sie eine Viertelstunde später als vereinbart keuchend bei der Skateranlage ankam und ihr Rad abstellte. Sie hatte sich mit Kim verquatscht und völlig die Zeit vergessen.
Benni hatte eine rote Nase und sah total verfroren aus. Trotzdem lächelte er, als hätte Franzi ihm gerade ein Riesenkompliment gemacht. »Kein Problem«, sagte er, streckte die Arme nach ihr aus und küsste sie auf den Mund.
Franzi drehte den Kopf schnell weg, bevor aus dem Begrü-

ßungskuss ein ausgiebiger Kuss werden konnte. Im Moment hatte sie keine große Lust auf Zärtlichkeiten.
Benni schien es nicht zu merken. »Wie sieht's aus? Wollen wir loslegen?«
Franzi nickte. Der Schnee vor einer Woche war längst wieder geschmolzen, und die Temperaturen waren auf angenehme Plusgrade hochgeklettert. Also ideale Bedingungen zum Skaten, zumal die Anlage so gut wie leer war. Franzi setzte sich auf eine Bank, holte ihre Inliner aus dem Rucksack und schnallte sie an.
Benni setzte sich neben sie, aber statt sich auch fertig zu machen, kramte er in seiner Jackentasche und hielt Franzi ein kleines Päckchen mit einer roten Schleife hin. »Hier, für dich!«
»Schon wieder ein Geschenk?«, rutschte es Franzi heraus, und sofort hatte sie ein schlechtes Gewissen, weil es nicht gerade begeistert klang.
»Ja!«, rief er. »Mir fällt dauernd was für dich ein. Los, mach es auf, ich bin so gespannt, wie es dir gefällt.«
Zögernd nahm Franzi das federleichte Päckchen entgegen und löste die Schleife. Heute musste sie unbedingt mit Benni reden, so konnte es nicht weitergehen! Aber er lächelte sie schon wieder so süß an, dass sie es einfach nicht fertigbrachte. Später vielleicht, erst musste sie das Geschenk auspacken. Als sie die Schleife und das Papier entfernt hatte, kam ein Seidentuch zum Vorschein. Es war grün und schillerte wie ein wunderschöner Seerosenteich, und es fühlte sich leicht und unglaublich zart an. Franzi wusste zwar nicht genau, was so etwas kostete, aber sie war sich ziemlich sicher,

dass Benni ein halbes Vermögen dafür ausgegeben hatte beziehungsweise einen Großteil seines Taschengelds.
»Du bist verrückt!«, sagte sie.
Benni rutschte näher an sie heran. »Ja, verrückt nach dir! Du bist das süßeste Mädchen auf der ganzen Welt. Und so klug und liebenswert und zärtlich …«
Franzi rutschte von ihm weg. Zum ersten Mal huschte ein trauriger Zug um seinen Mund. »Es gefällt dir nicht, oder?«
»Doch!«, betonte Franzi. »Es gefällt mir sogar sehr. Aber genau das ist es ja …« Sie stockte, während Benni sie fragend ansah. »Du bist einfach … zu lieb zu mir.«
»Zu lieb?« Benni wurde immer unsicherer. »Was meinst du damit?«
Franzi holte tief Luft und versuchte es ihm so schonend wie möglich zu erklären. »Sieh mal, du verwöhnst mich total, seit wir zusammen sind. Jeden Tag ein neues Geschenk, und dann noch dauernd deine Komplimente. Das ist mir zu viel. Ich komme mir vor wie eine Statue oder eine Puppe, die du auf einen Sockel stellst und anbetest, aber das bin ich nicht. Verstehst du, was ich meine?«
Bennis Augen wurden immer größer, je länger sie redete. »Aber ich liebe dich doch!«, verteidigte er sich.
»Ich weiß«, sagte Franzi und strich ihm kurz über die Wange. »Ich liebe dich auch, aber ich möchte nicht, dass du mich ständig auf Händen trägst, das mag ich nicht.«
Benni knetete seine Hände und murmelte. »Jetzt versteh ich. Ich hab alles falsch gemacht. Tut mir leid! Dabei wollte ich doch nur, dass du dich freust.«

»Ich freu mich, dich zu sehen und mit dir zusammen zu sein«, sagte Franzi schnell. »Mehr brauche ich nicht, wirklich!«
»Wirklich?«, wiederholte Benni. »Das ist schön. Dann werde ich mich ändern, ich verspreche es dir. Keine Geschenke mehr, keine Komplimente, Schluss, aus, vorbei!«
Franzi lächelte. »Ab und zu darfst du mir natürlich schon sagen, dass du mich lieb hast. Da habe ich nichts dagegen.«
Benni stieß einen tiefen Seufzer aus. »Das heißt, du willst … du willst es noch mal mit mir versuchen? Du willst nicht Schluss machen?«
Franzi schüttelte den Kopf. Auf einmal tat ihr Benni leid, und ein Gefühl von Liebe und Zärtlichkeit breitete sich in ihr aus. »Nein, bestimmt nicht«, sagte sie und verschloss Bennis traurigen Mund mit einem langen, liebevollen Kuss.

Eine Rose für Marie

Als Marie am Morgen aufwachte, wusste sie sofort, dass heute ein besonderer Tag war. Sie blinzelte, und dann fiel es ihr ein: Heute war nicht nur Sonntag, sondern auch Valentinstag! Im ersten Augenblick freute sie sich, vor allem auf das aufregende Blind Date mit Kim und Michi, doch dann wurde sie traurig. Holger musste längst ihre rote Rose und die Valentinskarte bekommen haben, aber bis jetzt hatte er nicht darauf reagiert, weder per Mail noch per Post. Eine letzte Chance gab es noch. Marie griff nach ihrem Handy und checkte die eingegangenen SMS. Nichts! Keine Nachricht von Holger. Enttäuscht ließ sich Marie zurück in ihre Kissen sinken.

Sie durfte sich jetzt nicht in etwas hineinsteigern. In letzter Zeit hatte sie genug Kummer gehabt, da brauchte sie nicht auch noch Liebeskummer. Holger war schließlich nicht der einzige Junge auf der Welt. Es gab so viele attraktive Jungs, die sie anhimmelten und nur auf ein Zeichen warteten, damit sie sie zu einem Date einladen durften. Sven zum Beispiel aus der Parallelklasse oder Alexander aus dem Jugendzentrum. Sie bräuchte nur einmal mit den Fingern zu schnippen, und schon wäre sie mit einem von ihnen zusammen. Sie versuchte es sich in den schönsten Farben auszumalen, aber schon nach ein paar Sekunden gab sie es auf. Es half nichts: Sven und Alexander und wie sie auch alle hießen waren ihr total egal. Sie wollte nur einen haben: Holger! Obwohl er sie so hängen ließ und so gemein war und sich nicht meldete. Obwohl sie das nicht verdient hatte und eigentlich total sauer auf ihn sein müsste. Sie war es nicht! Sie musste sich mit der unausweichlichen Tatsache abfinden, dass sie unwiderruflich, wahnsinnig und völlig hilflos in ihn verliebt war.

»Guten Morgen, Prinzessin!«, rief Herr Grevenbroich, klopfte an und kam mit einem voll beladenen Tablett ins Zimmer herein. »Was hältst du von Frühstück im Bett?«

»Sehr viel!«, sagte Marie und gab ihrem Vater einen dicken Kuss auf die stachelige Wange. »Du bist so lieb zu mir.«

»Für meine Prinzessin tu ich doch alles!«, sagte er und stellte vorsichtig das Tablett auf der Bettdecke ab. »Heute hab ich drehfrei. Ich dachte, wir zwei machen uns einen schönen Tag. Wir könnten irgendwohin fahren, ins Wellenbad zum Beispiel.«

Marie angelte sich einen Toast aus dem Korb und biss genüsslich hinein. »Normalerweise total gern, aber heute hab ich leider schon was vor. Ich treffe mich mit Kim und Franzi im *Café Lomo*. Wir machen so eine Art Valentinsfest.« Dass sie dabei Kim mit Michi verkuppeln wollten, band sie ihrem Vater natürlich nicht auf die Nase.

»Schade«, sagte Herr Grevenbroich. »Aber das holen wir bald nach, ja?«

»Klar«, sagte Marie, während sie einen Schluck Kakao nahm.

Ihr Vater sah ihr dabei zu und lächelte. »Unter dem Teller liegt übrigens noch eine Überraschung für dich.«

»Echt?«, fragte Marie und hob neugierig den Teller an.

Da lag tatsächlich etwas: ein Foto von ihrer Mutter, das sie noch nie gesehen hatte. Frau Grevenbroich saß auf einem Stuhl und streckte lachend die Hand nach etwas aus, das man als Betrachter nicht sehen konnte. »Wonach greift sie denn da?«, fragte Marie.

»Nach dir«, sagte ihr Vater leise. »Du warst in meinen Armen, wolltest aber unbedingt wieder ihre Nähe spüren.«

Marie berührte das Foto. Auf einmal hatte sie den Eindruck, als wäre ihre Mutter im Zimmer und würde ihr sanft über den Kopf streichen. Es war ein wunderbares Gefühl. Automatisch drehte sie sich um, aber da war natürlich niemand. Trotzdem wusste sie, dass sie sich die Berührung nicht eingebildet hatte. Vielleicht war ihre Mutter ja wirklich kurz hier gewesen …

»Freust du dich?«, fragte Herr Grevenbroich.

Marie nickte. »Sehr!« Dann fiel sie ihm um den Hals und drückte ihn ganz fest.

»Jetzt musst du aber deinen Toast essen, sonst wird er kalt«, sagte ihr Vater.

»Mach ich«, sagte Marie. Sie bestrich ihren angeknabberten Toast dick mit Butter und Kirschmarmelade und konnte es kaum erwarten, hineinzubeißen.

Herr Grevenbroich stand auf. »Ich hol mir nur schnell einen Kaffee, bin gleich wieder zurück.«

Es wurde ein richtig gemütlicher Vater-Tochter-Vormittag, mit einem ausgedehnten Frühstück und schönen Gesprächen. Schon lange hatten sie sich nicht mehr so gut miteinander verstanden. Für kurze Augenblicke vergaß Marie sogar ihren Kummer wegen Holger.

Später dann, als sie ein Bad in der Wanne mit extra viel

Schaum nahm, musste sie dafür wieder umso heftiger an ihn denken. Dieser Mistkerl! Warum meldete er sich nicht? War er nicht mehr in sie verliebt? Aber dann könnte er es ihr doch wenigstens offen sagen! Sie wollte endlich wissen, woran sie war. Wütend formte sie einen großen Schaumball und pfefferte in gegen den Spiegel. »Da! Der ist für dich!«

In dem Moment klingelte es an der Haustür. Marie bekam beinahe einen Herzinfarkt. Das musste er sein! Er kam doch noch und wollte sie persönlich überraschen!

Panisch sprang sie aus der Wanne, schlüpfte in ihren Bademantel, stürmte aus dem Bad und rief ihrem Vater zu: »Ich mach schon auf!« Hektisch fuhr sie sich durch die nassen Haare und stöhnte. Sie sah bestimmt schrecklich aus, aber das half jetzt alles nichts, sie hatte keine Zeit mehr, um sich zurechtzumachen.

Ihr Herz klopfte so laut, dass es gegen ihre Schläfen pochte. Marie atmete dreimal tief durch, machte die Tür auf – und fiel aus allen Wolken. Vor ihr stand nicht Holger, sondern ein schlaksiger, ungefähr siebzehnjähriger Typ mit strohblonden Haaren und jeder Menge Pickel im Gesicht. Er hatte die Arme hinter dem Rücken verschränkt und grinste sie mit einem schiefen Lächeln an.

Marie schnürte den Gürtel des Bademantels enger. »Ich glaube, du hast dich in der Adresse geirrt. Hier wohnen Grevenbroichs.«

Der Typ grinste noch schiefer. »Dann bin ich ja genau richtig. Ich soll hier was abgeben, persönlich. Bist du Marie Grevenbroich?«

Marie nickte. »Ja, wieso?«
Da holte der Junge umständlich seine Arme hinter dem Rücken hervor und streckte Marie eine rote Rose hin, an deren Stiel eine kleine Karte befestigt war. »Für dich!«
Jetzt kannte Marie sich überhaupt nicht mehr aus. Warum kam dieser wildfremde Typ mit einer Rose an? Sie wollte ihm gerade klarmachen, dass sie sich nicht einfach von irgendwelchen wildfremden Verehrern Blumen schenken ließ, doch da hatte er ihr schon die Rose in die Hand gedrückt, drehte sich um und rannte die Treppe hinunter.
»Warte doch!«, rief Marie ihm nach, aber er war längst verschwunden. Ratlos starrte sie auf die Rose in ihrer Hand. Was sollte sie jetzt damit machen?
Im Flur kam ihr Herr Grevenbroich entgegen. »Wer war es denn?«, wollte er wissen.
Marie zuckte mit den Schultern. »Ach, nur so ein blöder Spinner, der mir eine Rose geschenkt hat.«
Herr Grevenbroich zwinkerte ihr zu. »Na, schon wieder ein neuer Verehrer?«
Marie ging nicht darauf ein. In ihrem Zimmer warf sie sich aufs Bett und drehte die Rose in den Händen hin und her. Die in Zellophan eingewickelte Karte knisterte leise. Jetzt war sie doch neugierig, was ihr der Typ geschrieben hatte. Gespannt riss sie die Zellophanhülle herunter, klappte die Karte auf und las:

Liebe Marie!
Tausend Dank für die Rose und deine Karte!
Anbei auch ein kleiner Gruß von mir an dich. Mario, ein gu-

ter Freund von mir, war so nett und hat den Valentinsboten gespielt.
Willst du mich sehen? Jetzt sofort? Dann komm zur Eislaufbahn in der Fußgängerzone. Ich warte auf dich beim Eingang.
Dein Holger

Marie schnappte nach Luft. Sie las die Nachricht ein zweites und drittes Mal. Erst dann konnte sie es wirklich glauben. Die Rose war von Holger! Er hatte sie nicht vergessen, und er wollte sie sehen! Sie drückte die Nase in die Blütenblätter der Rose und sog den süßen Duft ganz tief ein. Mit jedem Atemzug strömte das Glück in ihren Körper, bis es sie völlig ausfüllte, von Kopf bis Fuß.
»Holger!«, flüsterte sie. »Lieber, liebster Holger. Ja, ich komme!«
Bis zum Treffen im *Café Lomo* hatte sie ja zum Glück noch Zeit. Doch plötzlich sprang sie aus dem Bett, als wäre sie von einer Wespe gestochen worden. Hilfe, Holger wollte sie ja *sofort* sehen! Und sie stand hier im Bademantel herum. Sie musste sich anziehen und blitzschnell die Haare föhnen und Lipgloss auflegen und, und, und …
Normalerweise brauchte sie locker eine halbe Stunde im Badezimmer. Heute legte sie den Turbogang ein und schaffte es in der Rekordzeit von zehn Minuten, fertig zu werden. Rasch drehte sie sich noch mal vor dem Spiegel. Sie hatte ihr aktuelles Lieblingsteil angezogen: ein lilafarbenes Wollkleid, dazu zwei lange Modeschmuck-Ketten übereinander und die neue Strumpfhose mit dem tollen Lochmuster. Der rosafarbene Lipgloss passte zwar nicht hundertprozentig zum

Kleid, aber das würde Holger hoffentlich nicht merken. Jetzt musste sie aber wirklich gehen!
Auf der Eislaufbahn in der Fußgängerzone war der Bär los. Die halbe Stadt schien beschlossen zu haben, am Valentinstag eislaufen zu gehen. Das Wetter war aber auch herrlich. Ein strahlend blauer Himmel und angenehme Temperaturen über null Grad trieben viele hinaus an die frische Luft. Vor allem verliebte Pärchen schwebten Hand in Hand über die glitzernde Bahn. Marie drängelte sich zum Eingangsbereich durch und sah sich suchend um.
Dann entdeckte sie ihn! Holger lehnte lässig an einem Holzbalken neben der Kasse, schaute aber in eine andere Richtung. Maries Herz schlug doppelt so schnell wie die fröhliche Musik, die aus den Lautsprechern drang. Plötzlich schien die Welt um sie herum stillzustehen. Es gab nur noch Holger, und er sah noch viel, viel süßer aus, als sie ihn in Erinnerung gehabt hatte: groß, schlank und unheimlich sportlich. Jetzt strich er sich die kurz geschnittenen pechschwarzen Haare aus der Stirn und drehte den Kopf zu ihr herüber.
»Hallo, Marie!«, rief er und blitzte sie mit seinen grünen Augen an.
»Hi …«, brachte Marie mit Müh und Not heraus, dann wusste sie nicht mehr weiter.
Zum Glück hatte es Holger nicht die Sprache verschlagen. »Komm!«, sagte er. »Ich hab schon für uns beide bezahlt. Da vorne kannst du dir Schlittschuhe ausleihen, falls du nicht selber welche dabeihast.«
»Hmm …«, machte Marie. Vor lauter Eile und Aufregung

und Anziehen hatte sie völlig vergessen, ihre nagelneuen Schlittschuhe mitzunehmen.
Holger zog sie hinüber zur Ausleihe. Er erledigte alles für sie, fragte nach ihrer Größe und half ihr beim Anziehen. Marie war heilfroh darüber, sie war wie in Trance. Träumte sie, oder passierte das alles wirklich? Auf der Eislaufbahn, als sie die ersten Schwünge machte und ihren Körper spürte, konnte sie es endlich glauben. Ja, Holger war tatsächlich hier, er lief direkt neben ihr! Sie drehten ein paar Runden und liefen um die Wette. Holger war schneller als sie, aber er bremste immer wieder ab, um auf sie zu warten. Nachdem sie ein paar Figuren und kleine Sprünge ausprobiert hatten, glitten sie locker über die Bahn.
Marie überlegte fieberhaft, was sie sagen sollte. Endlich fiel ihr etwas ein. »Danke für die Rose und die Karte!«
»Danke für *deine* Rose und *deine* Karte!«, gab Holger zurück. »Ehrlich gesagt, hatte ich damit gar nicht gerechnet.«
»Wieso denn?«, fragte Marie verwundert.
Holger fuhr langsamer. »Na ja … nach deiner letzten SMS hatte ich mich eher auf was anderes eingestellt.«
Was sollte das denn heißen? »A…aber *du* hast doch nicht mehr geschrieben«, stammelte Marie. »Du hast dich auf einmal nicht mehr gemeldet, und ich wusste überhaupt nicht, was los war.«
»Ich auch nicht«, sagte Holger. »Deine letzte SMS klang so, dass ich dachte, du willst nichts mehr von mir wissen.«
Jetzt verstand Marie gar nichts mehr. Sie versuchte sich an den Wortlaut ihrer SMS zu erinnern, doch ihr Gehirn war wie leer gefegt. »Aber ich hab mich doch bei dir bedankt!«

»Genau«, sagte Holger und lächelte traurig. »Vielleicht erinnerst du dich nicht mehr, aber ich weiß noch jedes Wort: *Lieber Holger! Die Zeit mit dir war total schön. Tausend Dank! Deine Marie.*«

»Ja, und?«, fragte Marie.

Holger bremste und blieb vor ihr stehen. Seine Augen waren immer noch traurig. »Das war doch ganz klar eine Abschieds-SMS!«

Auf einmal fiel es Marie wie Schuppen von den Augen. »Nein!«, rief sie. »So hab ich das überhaupt nicht gemeint. Das hast du völlig falsch verstanden. Ich wollte dir doch nur sagen, wie sehr ich die Zeit mit dir genossen hab – und dass sie leider viel zu kurz und viel zu früh zu Ende war!«

»Wirklich?«, fragte Holger. »Mir ging es genauso, aber ich dachte ...«

Marie lächelte. »Da hast du falsch gedacht.«

Holger räusperte sich. »Heißt das, du hast an mich gedacht, ab und zu wenigstens?«

Marie versank in seinen grünen Augen und spürte, wie ihr die Röte ins Gesicht stieg. »Nicht nur ab und zu, eigentlich jeden Tag ...«

»Sag es mir: jetzt, sofort!«, rief Holger. »Ich muss es wissen: Hast du mich vermisst?«

Marie konnte nicht mehr in seine Augen sehen, sonst wurde ihr schwindelig. Sie wich seinem Blick aus und murmelte: »Ja, ich hab dich vermisst, sehr sogar.«

Da nahm Holger ihr Gesicht in beide Hände und drehte es wieder zu sich her. Seine Finger waren eiskalt, aber Marie wurde es immer heißer. Gleichzeitig lief ihr ein Schauer nach dem anderen über den Rücken, und ihre Füße in den Schlittschuhen knickten ein. Holger merkte es und fing sie auf, bevor sie fallen konnte. Er hielt sie in seinen starken Armen, und dann kam er ganz, ganz nah und küsste sie mit seinen kühlen, sanften Lippen. Marie fing an zu schweben. Sie schwebte mit Holger mitten hinein in den siebten Himmel des Glücks.

Blind Date

»Das gibt's doch nicht!«, murmelte Kim und starrte auf ihre Armbanduhr.

»Was ist?«, fragte die junge Studentin, die im *Café Lomo* bediente und ihr gerade den zweiten *Kakao Spezial* servierte.

Kim zuckte mit den Schultern. »Ich warte jetzt schon zwanzig Minuten auf meine Freundinnen, dabei wollten sie mich unbedingt sehen.«

»Ach …«, sagte die Studentin und lächelte. »Die tauchen bestimmt bald auf.«

Kim nickte, obwohl sie sich da nicht so sicher war. Dass Marie zu spät kam, war ja nichts Ungewöhnliches, aber Franzi sah das gar nicht ähnlich. Hoffentlich war ihnen nichts passiert! Nervös trank sie einen Schluck *Kakao Spezial*, um sich zu beruhigen. Dabei behielt sie von ihrer Sofaecke aus die ganze Zeit die Tür des Lokals im Auge. Jetzt kam jemand rein, aber nicht Franzi, auch nicht Marie, sondern Michi!!!

Kim verschluckte sich an ihrem Kakao und musste schrecklich husten. Prompt sah Michi zu ihr herüber. Kaum hatte er sie erkannt, funkelte er sie wütend an und drehte sich sofort wieder um. Kim musste immer noch husten. Gleichzeitig versuchte sie, nach ihm zu rufen, aber es kamen nur heisere Krächzer aus ihrer Kehle. Und schon war Michi wieder bei der Tür. Doch in dem Moment schossen plötzlich zwei Mädchen auf ihn zu, packten ihn links und rechts und hielten ihn mit eisernem Griff fest.

»He, was soll das?«, beschwerte sich Michi.
Erst jetzt merkte Kim, wer die beiden Mädchen waren: Franzi und Marie! Entschlossen schoben sie den sich vergeblich wehrenden Michi zu Kim hinüber.
»So«, sagte Franzi, »du setzt dich jetzt hier neben Kim und rührst dich nicht mehr von der Stelle, verstanden?«
»Was soll das?«, rief Michi wieder. »Ich will aber nicht!«
Marie drückte ihn mit einem sanften Lächeln aufs Sofa. »Aber wir wollen es. Du hörst uns jetzt schön zu. Wir müssen nämlich einiges klarstellen. Es geht um unsere beste Freundin Kim, und wir möchten, dass die dummen Missverständnisse zwischen euch endlich aus dem Weg geräumt werden.«
»Aber …«, mischte sich Kim ein. »Das könnt ihr doch nicht machen!« Vor lauter Scham wäre sie am liebsten im Boden versunken. Michi würde ihr nie verzeihen, da konnten auch Marie und Franzi nichts dagegen tun.
Aber die waren offenbar anderer Meinung. »Vertrau uns!«, flüsterte Franzi, und Marie warf ihr einen verschwörerischen Blick zu.
Kim seufzte. Wenn sich ihre Freundinnen erst einmal etwas in den Kopf gesetzt hatten, waren sie sowieso nicht mehr davon abzubringen. Also blieb ihr gar nichts anderes übrig, als ihnen zu vertrauen.
Michi versuchte zwar nicht mehr, sich zu wehren, aber er starrte auf seine Knie und tat so, als sei Kim Luft für ihn. Beinahe hätte sie losgeheult, so weh tat das.
»Also«, fing Marie an. »Das Wichtigste zuerst: Das Foto, das du bekommen hast, ist ganz anders entstanden, als du

denkst. Kim ist nicht verliebt in diesen Robin, im Gegenteil, sie findet ihn total doof.«
Michi hob kurz den Kopf und lachte trocken. »Klar, deshalb hat sie ihn ja auch geküsst!«
»Lass uns bitte ausreden«, sagte Franzi. »Kim hat bei einem Casting mitgemacht, für eine Foto-Lovestory in einer Mädchen-Zeitschrift. Sie hat das Casting gewonnen und erst danach erfahren, dass sie in einer Szene ihren Schauspielpartner küssen soll. Wenn sie das vorher gewusst hätte, hätte sie sich nie gemeldet.«
Michi tippte sich an die Stirn. »Das Märchen kannst du deiner Oma erzählen!«
»Das mach ich gern«, sagte Franzi, »sobald ich sie das nächste Mal treffe. Dann werde ich ihr auch die Zeitschrift mitbringen, die ich dir jetzt zeige. Sie ist gerade druckfrisch erschienen, pünktlich zum Valentinstag.«
Während Franzi erzählte, holte Marie die Mädchen-Zeitschrift aus ihrer Tasche und blätterte sie an der Stelle auf, die sie mit einem gelben Zettel markiert hatte. Über den bunten Sprechblasen stand in rosafarbenen Buchstaben die Überschrift: »Küsse am Valentinstag«. Darunter lachten Kim und Robin in die Kamera. Unter ihren Köpfen standen natürlich andere Namen, die Namen, die sie in der Foto-Lovestory bekommen hatten.
Michi starrte auf die Zeitschrift, als würde er zum ersten Mal in seinem Leben Fotografien sehen. »Aber das ist ja … das ist ja …«
»Genau«, half ihm Marie auf die Sprünge, »das ist Kim, und auf der letzten Seite ist auch das Kussfoto abgebildet.

Die Perspektive ist ein bisschen anders, aber das Foto hier hat auch der Fotograf aufgenommen, im Gegensatz zu dem Schnappschuss, den du kennst und den Franzi gemacht hat.«

Michi starrte immer noch auf die Zeitschrift und sagte kein Wort. Franzi redete weiter auf ihn ein. Sie erzählte die ganze verworrene Geschichte von Anfang an. Auch dass Kim Michi von dem Shooting nichts hatte erzählen wollen, weil sie Angst gehabt hatte, dass er sonst eifersüchtig sein würde. Und wie später das Foto zu Michi gelangt war. Am Schluss zeigte Franzi ihm noch die schriftliche Entschuldigung von Ben und Lukas. Kim sah die Entschuldigung auch zum ersten Mal und war richtig gerührt. Ganz so schrecklich waren ihre Brüder doch nicht!

Michi hörte Franzi mit offenem Mund zu und warf ab und zu Kim einen Blick zu, die immer röter und röter wurde und immer tiefer in die Polster des Sofas sank. Als Franzi fertig war, schluckte er und sah Kim mit großen Augen an. »Sag mir eins! Stimmt es, was deine Freundinnen erzählen?«

Kim nickte. Ihre Stimme war immer noch total heiser, als sie antwortete: »Ja, das stimmt. Ich hasse Robin. Ich hab immer nur dich gemocht, *nur* dich!« Jetzt was es endlich raus. Das, was sie Michi schon immer hatte sagen wollen und sich nie getraut hatte.

Michi raufte sich die Haare und rutschte auf dem Sofa hin und her. Dann sah er wieder Kim an, schüttelte den Kopf, und plötzlich lächelte er. »Was heißt das jetzt genau: Du magst mich?«, hakte er nach.

»Also … äh … ich mag dich sehr …«, stammelte Kim. »Total sehr … also … ich …«
Weiter kam sie nicht, denn da legte Michi den Arm um sie und küsste sie, so zärtlich und leidenschaftlich, dass sie ziemlich lange nicht mehr zum Reden kam. Wie aus weiter Ferne hörte sie, wie die Leute im Café klatschten, jubelten und »Bravo!« riefen.
»Viel Glück euch beiden!«, rief die Bedienung und winkte Kim zu.
Kim winkte zurück und kuschelte sich ganz eng an Michi. Der flüsterte ihr leise ins Ohr: »Endlich!«
Bevor Kim ihn fragen konnte, wie lange er schon in sie verliebt war, steckte Franzi plötzlich zwei Finger in den Mund und stieß einen durchdringenden Pfiff aus. »Jungs, ihr könnt jetzt rauskommen!« Sofort tauchten hinter einem Sofa Benni und Holger auf.
»Was macht ihr denn hier?«, fragte Kim.
Holger ging zu Marie hinüber und griff nach ihrer Hand. »Na, was wohl? Wir wollen mit euch den Valentinstag feiern. Oder habt ihr was dagegen?«
Kim schüttelte lachend den Kopf. »Natürlich nicht! Das ist ja eine Überraschung! Seit wann seid ihr denn zusammen?«
Marie warf einen Blick auf ihre Armbanduhr und lächelte stolz. »Seit genau 92 Minuten und 16 Sekunden!« Dann rutschte sie mit Holger neben Kim und Michi aufs Sofa. Franzi und Benni setzten sich gegenüber hin.
»Darauf müssen wir aber anstoßen!«, sagte Kim.
Sofort stand Benni auf. »Ich hole uns eine Runde Cola!«

Als er weg war, beugte sich Kim zu Franzi vor. »Und was ist mit euch? Wieder alles okay?«
Franzi nickte glücklich. »Alles im grünen Bereich! Seht mal, was Benni mir zum Valentinstag geschenkt hat!«
»Und ich dachte, dir sind die ganzen Geschenke von ihm zu viel?«, warf Marie ein.
»Das hier ist nicht zu viel«, sagte Franzi. »Das ist genau richtig.« Dabei klappte sie ihre Geldbörse auf und zeigte ihren Freundinnen ein winziges rotes Herz aus Papier, das Benni für sie ausgeschnitten hatte.
»Ist das süß!«, riefen Marie und Kim gleichzeitig.
Da kam Benni auch schon mit einem Tablett voller Colagläser zurück, und Franzi klappte ihre Geldbörse schnell wieder zu.
»Kleine Erfrischung gefällig?«, fragte Benni.
»Unbedingt«, sagte Franzi.
Kurz darauf stießen sie klirrend mit den eiskalten Gläsern an und riefen laut im Chor: »Auf die Liebe!«